KIPPENVEL
10x

De eerste acht verhalen uit dit boek
zijn eerder verschenen onder de titel 8x Kippenvel

Bezoek onze website voor meer informatie
over uitgeverij Kluitman en de auteurs:
www.kluitman.nl

Omslagontwerp: Design Team Kluitman.
Dit boek is gedrukt op chloorvrij gebleekt papier,
dat vervaardigd is van hout uit productiebossen.
Nederlandse vertaling: Paul van den Belt.

Nugi 223/G090001
ISBN 90 206 2340 0
© Nederlandse editie: Uitgeverij Kluitman Alkmaar B.V.
© MXMIXVII by Parachute Press, Inc. All rights reserved.
Vertaald uit *Tales to give you Goosebumps* - deel 1: 8e en 10e verhaal;
deel 2: 1e, 6e en 12e verhaal; deel 3: 1e en 7e verhaal; deel 4: 2e verhaal;
deel 5: 1e en 5e verhaal.
Published by arrangement with Scholastic Inc., 555 Broadway, New York,
NY 10012, USA.

KIPPENVEL®
10x

R.L. Stine

KLUITMAN

KIPPENVEL

INHOUD

DOCTOR CREEP'S VIDEOTHEEK

„Help! Help!"

Het geschreeuw van de vluchtende menigte galmde door de straten. Tegen de sombere lucht tekenden zich de omtrekken af van het Junglemonster. Het was kolossaal en dreigend, en op zoek naar mensen om op te vreten. Met zijn armen, een soort takken met klauwen eraan, graaide het monster om zich heen. In het wilde weg plukte het zijn doodsbange slachtoffers van de grond. Spartelend en schreeuwend verdween de een na de ander in zijn gruwelijke bek...

Ben gaapte. Hij kende de film van haver tot gort, want hij had *The Jungle Monster* nu al drie keer gezien. Eigenlijk was het niet eens een goede griezelfilm, vond hij. En Ben kon het weten, want hij was een griezel-expert. Honderden films had hij al gezien, over allerlei onderwerpen: mummies, weerwolven, buitenaardse wezens.

Met Jeff, zijn beste vriend, wilde Ben later zelf ook griezelfilms gaan maken. Sterker nog, daar waren ze nu al mee bezig. Van Bens vader mochten ze af en toe de videocamera lenen.

Op dit moment viel er echter weinig te filmen, want Ben was op vakantie. Zijn ouders hadden de hele maand juli een huisje in de bergen gehuurd. Bens vader kwam alleen in de weekends omdat hij moest werken, maar zijn moeder was lerares, dus zij had de hele zomer vrij.

Ben verveelde zich te pletter in het huisje. Gelukkig was

er een videorecorder, zodat hij in ieder geval nog naar films kon kijken. Verder viel er weinig te doen. Om het huisje stonden bomen, met daarachter nog meer bomen. In de huisjes in de buurt zaten alleen oude mensen of jonge gezinnetjes, helemaal niemand van Bens eigen leeftijd. „Hé, Ben!" riep zijn moeder vanuit de open keuken. „Je zit nu al uren tv te kijken. Ga eens wat anders doen." Zonder zijn reactie af te wachten liep ze naar het raam en deed de luxaflex omhoog.

Ben knipperde met zijn ogen tegen het felle licht.

„Ik ga boodschappen doen in het stadje beneden," ging zijn moeder verder. „We hebben het een en ander nodig voor het weekend en ik wil nog even op m'n gemak wat rondkijken daar. Waarom ga je niet mee?" Het klonk meer als een bevel dan als een voorstel.

Ben baalde. Hij wist precies wat zijn moeder bedoelde met 'wat rondkijken'. „Hè, ik heb net zo'n mooie natuurfilm!" Hij hield de doos van de videoband omhoog, maar hield zijn hand zo, dat zijn moeder alleen maar jungle kon zien en geen monster.

Ze schudde grinnikend haar hoofd. „Alsof ik niet weet dat dat een griezelfilm is. Je moet toch ook nog eens iets anders doen in je vakantie? Kom op, we gaan!"

Toen ze in het stadje waren, verdween Bens moeder meteen in het eerste boetiekje dat ze zag. Ben, die buiten was blijven staan, keek om zich heen. Was er ook iets voor hem? Ja daar, een videotheek!

„Mam, ik ben zo terug, hoor," riep hij de winkel in. Zijn

moeder zei iets, maar Ben luisterde al niet meer. Snel liep hij naar de videotheek. Misschien kon hij wat films huren. Toen hij voor de etalage stond, zag hij meteen dat het goed zat. 'DR. CREEP'S VIDEOTHEEK' stond er in kronkelige letters op de ruit. Het was dus een specialist! Bens humeur ging met sprongen vooruit, vooral toen hij zag hoeveel aandacht er aan de inrichting was besteed. De videotheek zag er aan de buitenkant al griezelig uit, net een stuk decor voor een film over een spookstad. Het zonnescherm hing er in rafels bij en de kozijnen waren vermolmd. Het raam was smerig en Ben wreef met zijn mouw een stukje schoon om naar binnen te kunnen kijken.

Binnen zag het er al net zo luguber uit als buiten. De videobanden stonden niet netjes naast elkaar op planken, maar lagen in slordige stapels op de grond. Vanaf het plafond hingen grote spinnenwebben naar beneden.

Plotseling ging de winkeldeur piepend en knarsend open.

Verbaasd keek Ben ernaar. Er was niemand te zien. Hij had de deur toch niet aangeraakt? Toen grijnsde hij. Het was bijna niet te geloven dat ze in zo'n saai dorp zo'n gave winkel hadden. Snel stapte hij naar binnen.

De videotheek was slecht verlicht. Ben liep langzaam rond, terwijl hij om zich heen keek. Nog steeds geen mens te bekennen. Hoe was die deur dan opengegaan? Zeker met behulp van een afstandsbediening of een elektronisch oog.

„Kan ik je helpen?" klonk opeens een stem achter hem.

9

Ben draaide zich met een ruk om en zag een gerimpelde oude man met lang, wit haar. Hij leunde op een stok. „Mijn naam is Doctor Creep." De man hief zijn stok op en wees ermee in het rond. „Welkom in mijn griezelwinkel." Hij grijnsde even en Ben zag dat hij nog maar een paar tanden in zijn mond had.

„Hou je van griezelfilms?" vroeg Doctor Creep.

„Zeker weten!" antwoordde Ben enthousiast. „Volgens mij heb ik wel alle griezelfilms gezien, die er bestaan."

Doctor Creep schudde zijn hoofd. „Ik durf te wedden dat je niet een van mijn films kent. Ik alleen verhuur ze en ik neem ze zelf op, in een ruimte hierachter."

„Echt?" riep Ben verrast. Dit moet ik Jeff vertellen, dacht hij. Als die hoort dat ik met een echte filmmaker heb gepraat, is hij stinkend jaloers.

„Kijk maar even rond," stelde Doctor Creep voor. „Misschien zit er iets griezeligs voor je bij."

Gretig begon Ben de stapels videofilms te bekijken. *De mummie slaat toe... De nacht van de monsters... Weerwolven in de stad...*

„Deze lijkt me gaaf!" riep hij, terwijl hij de videoband van een vampierfilm omhooghield. De vampier op de voorkant had een doodsbleek gezicht. Uit zijn rechtermondhoek druppelde een straaltje donkerrood bloed. Maar het was vooral de uitdrukking op zijn gezicht die Ben goed vond. De ogen van de vampier leken dwars door hem heen te kijken.

Dat wordt nog lastig kiezen, dacht hij. Welke moest hij nou nemen? Ze hadden allemaal wel iets. Ineens viel zijn blik op een tv-scherm achter in de winkel, waarop een film te zien was.

Ben liep er nieuwsgierig naartoe. Wat hij zag, bezorgde hem ijskoude rillingen. Een gruwelijk monster, half mens en half hagedis, dook op uit een moeras en sloop op zijn monsterlijke poten naar een jongen die in de verte stond, met zijn rug naar het monster toe. Bij elke stap die hij deed, hoorde Ben een akelig, zuigend geluid.

Skwisj... skwosj... skwisj... skwosj...

Met ingehouden adem keek Ben naar de film.

Het slachtoffer had helemaal niets in de gaten en de Hagedisman kwam steeds dichterbij. Plotseling, toen het monster nog maar een paar meter bij hem vandaan was, draaide de jongen zich met een ruk om. Je zag hem verstijven van angst.

Ben leefde zo mee, dat hij alles om zich heen vergat. Hij schrok zich wild, toen hij achter zich iets hoorde kraken, precies op het moment dat de Hagedisman de jongen bij zijn schouders greep.

Tegelijkertijd voelde Ben ook handen op zíjn schouders. „Laat me los! Blijf van me af!" Met een schreeuw rukte hij zich los en draaide zich om.

Tot zijn opluchting was het Doctor Creep. De oude man lachte kakelend. „Hoe vind je de film?"

„Cool!" riep Ben. Hij was zo geschrokken, dat zijn hart in zijn keel bonkte.

„Weet je al welke video je mee wilt nemen?" ging Doctor Creep verder. „Anders moet je snel een keuze maken, want ik ga sluiten, snap je?"

Verrast keek Ben hem aan. Zo laat was het niet. En een videotheek bleef toch altijd lang open? Maar toen hij op zijn horloge keek, schrok hij. Zonder dat hij er erg in had gehad, was hij al een hele tijd hier binnen. Raar, dat zijn moeder hem niet even had gehaald.

Plotseling drong het tot Ben door dat ze waarschijnlijk niet eens wist waar hij was. Shit, ze zou vast wel kwaad zijn. Misschien was ze al teruggegaan naar het huisje.

Hij zuchtte en keek Doctor Creep aan. „Ik moet weg. Mijn moeder weet niet waar ik uithang. Kan ik de film huren die in de recorder zit?"

Doctor Creep schudde zijn hoofd. „Dat gaat helaas niet. Maar wat mij betreft, mag je morgen wel terugkomen om hem af te kijken." Voordat Ben iets kon zeggen, liep de oude man naar de videorecorder en haalde de band eruit. „Ik zal hem voor je apart houden, dan weet je morgen waar je gebleven bent."

Een ogenblik was Ben verbaasd over zoveel service. „O, nou, oké. Hoe laat gaat u open?"

„Het maakt niet uit wanneer je komt," antwoordde Doctor Creep met een glimlach. „Voor jou ben ik altijd open. Tot morgen."

De volgende dag was Ben al vroeg wakker. De film met de Hagedisman had de hele nacht door zijn hoofd gespookt en hij wilde zo gauw mogelijk terug naar de videotheek om te zien hoe het afliep.

Ben besloot om zijn moeder maar niet te vertellen waar hij naartoe ging, dan kon ze er ook niet moeilijk over doen.

„Hé mam, ik denk dat ik een eindje ga fietsen," zei hij na het ontbijt.

Zijn moeder keek verrast op. Voordat ze kon aanbieden om mee te gaan, stond Ben al buiten. Drie kwartier later zette hij zijn mountainbike op slot voor de videotheek. Binnen hing een bordje met GESLOTEN aan de deur en er brandde geen licht. Ben zocht tussen de spijlen van het rolluik naar de bel, maar kon die nergens ontdekken.

Hij zuchtte teleurgesteld. Voor de etalageramen zaten dezelfde rolluiken, zodat hij ook daar niet veel door kon zien.

Vreemd eigenlijk. Waarom moest een doodgewone videotheek in zo'n dorpje zo goed beveiligd worden?

Ben bleef een tijdje in de buurt van de videotheek rondhangen. Tenslotte had Doctor Creep gezegd dat het niet uitmaakte hoe laat hij kwam. Hij móést en zou weten hoe het afliep met de jongen die werd aangevallen door de Hagedisman!

Na een kwartier liep Ben weer naar de deur en tuurde naar binnen. Misschien was Doctor Creep er nu...

Er brandde nog steeds geen licht, maar Ben zag wel een of andere flikkering achter in de zaak. Hij keek er ingespannen naar. Stond de tv weer aan?

„Doctor Creep!" Ben rammelde aan de spijlen van het rolluik. „Bent u daar?"

Plotseling ging het rolluik ratelend omhoog en daarna draaide de deur piepend en knarsend open, net als gisteren. Weer was er niemand te zien.

„Doctor Creep?" riep Ben vanaf de drempel.

13

Geen antwoord. Het enige dat Ben hoorde en zag, was de video die speelde Het was dezelfde film als gisteren. Hij dacht even na. Ik ga gewoon kijken, besloot hij. Ik kijk die film af en dan ga ik weer weg.

Hij sloop door de onheilspellend donkere winkel naar achteren, naar het tv-scherm. Toen hij het toestel tot op anderhalve meter was genaderd, bleef Ben staan. Gespannen volgde hij de film.

De Hagedisman was beter dan alle griezelfilms die Ben tot nu toe had gezien, bij elkaar. Het monster werkte zijn eerste slachtoffer, de jongen, in een paar happen naar binnen en nam daarna als toetje nog wat mensen uit een dorp. En iedere keer sloeg hij ongemerkt toe. Geen mens die hem betrapte, niemand die hem zag.

Toen de film was afgelopen, sloeg de videorecorder af. Het was meteen donker in de winkel.

Ben draaide zich om en liep naar de deur. Hij wilde die openen, maar dat lukte niet. Hoe hij ook duwde en trok, er was geen beweging in te krijgen.

„Shit!" mompelde hij geschrokken. „Ik heb mezelf ingesloten."

Was er een andere uitgang? Ben draaide zich om en liep op de tast terug door de winkel. Onderweg schopte hij per ongeluk een stapel videobanden om. Terwijl hij bezig was die weer op te stapelen, hoorde hij iets.

Ben keek op. Ergens achterin zag hij in de duisternis een streepje licht. Was daar een deur? Een achteruitgang misschien?

Hoopvol ging Ben eropaf.

Toen hij dichter bij het licht kwam, hoorde hij ook geluiden. Gedempte kreten. Het leek wel alsof er iemand geslagen werd. Wat was daar aan de hand?

Ben aarzelde geen seconde. Misschien werd Doctor Creep aangevallen en had de oude man hulp nodig! Hij liep wat sneller en zag dat het inderdaad een deur was. Ben duwde er met zijn schouder tegenaan.

De deur vloog open en hij viel zo hard de andere ruimte in, dat hij met een klap op de grond terechtkwam. Verward knipperde Ben met zijn ogen tegen het felle licht. Op hetzelfde ogenblik zag hij vlak bij zijn hoofd twee vreemdsoortige, grote poten met vliezen ertussen.

„Hè?" Ben kwam haastig overeind. Verrast staarde hij omhoog.

Recht in het monsterlijke gezicht van de Hagedisman!

Bens adem stokte. Verstijfd van angst keek hij naar het levende, ademende monster, dat dreigend zijn tong naar buiten en binnen liet flitsen. Hij voelde de hete adem van de Hagedisman in zijn gezicht.

Ben deinsde achteruit en keek verwilderd om zich heen. Meteen werd hij verblind door het scherpe licht, dat van alle kanten leek te komen. Hij wilde zich omdraaien en de winkel weer in vluchten, maar voordat hij de kans kreeg, greep de Hagedisman hem bij zijn schouders en hield hem tegen.

Ben schreeuwde en begon te worstelen om los te komen. Ineens hoorde hij geluiden. Voetstappen.

Het volgende moment werd hij van achteren om zijn middel beetgepakt. Ben voelde vijf, zes paar handen. De

15

handen bevrijdden hem niet, maar grepen hem alleen maar steviger vast, klemden zich om hem heen. Het waren harige handen, bleke, dooraderde handen en handen die waren gewikkeld in windsels.

Ben keek met een ruk over zijn schouder. Hij kon nauwelijks geloven wat hij zag. Weerwolven! Vampiers! Mummies! Hij stopte met vechten. Hier kon hij toch niet tegenop. Rillend van angst sloot hij zijn ogen en wachtte op wat er ging komen.

„Oké, stop maar, jongens!" hoorde hij plotseling een bekende stem roepen.

Ben opende zijn ogen en tuurde tegen het felle licht in. Er kwam een schaduw dichterbij schuifelen.

Het was Doctor Creep, leunend op zijn stok. Zijn ogen glansden. „Ik zie dat je mijn studio hebt gevonden," zei hij tegen Ben. Net als de dag ervoor wees hij met zijn stok in het rond. „Wat vind je ervan?"

Nu pas had Ben het door. De monsters, het felle licht. Hij was op een filmset! En die monsters waren verklede acteurs uit de films van Doctor Creep. Nu zag hij ook hoe groot de ruimte was.

Opgelucht begon Ben te grijnzen en hij keek naar de Hagedisman. „U had me mooi te pakken, zeg. Ik schrok me rot."

De Hagedisman vertrok geen spier.

„Trouwens, die kostuums zijn ook te gek," ging Ben enthousiast verder.

Doctor Creep glimlachte. „Jij weet een goede griezelfilm wel te waarderen, hè?"

„Zeker weten, ik ben er helemaal gek van!" riep Ben.

„Mooi, mooi, mooi." Doctor Creep wreef in zijn handen. „Hoe zou je het dan vinden om mee te spelen in *De terugkeer van de Hagedisman?*"

„W...wat?" stamelde Ben.

„We zijn een vervolg op *De Hagedisman* aan het maken en hebben nog een slachtoffer nodig."

Ben kon het bijna niet geloven. Hij liet het eerst eens goed tot zich doordringen. Meespelen in een griezelfilm? Te gek!

„Heb je wat acteer-ervaring?" vroeg Doctor Creep.

„Een beetje," antwoordde Ben, denkend aan de filmpjes die hij met Jeff had gemaakt. „Niet zo heel erg veel."

Doctor Creep legde zijn handen om Bens hoofd en bestudeerde zijn gezicht van opzij. „Nou, je lijkt me een natuurtalent. En maak je geen zorgen, het is niet zo'n grote rol. Je hebt geen tekst." Hij drukte Ben een stapel losse papieren in zijn hand. „Dit is het draaiboek."

Ben las de scènes snel door. De Hagedisman komt uit het moeras... zaait dood en verderf in een school... één jongen weet te ontsnappen.

„Ben ik de jongen die ontsnapt?" wilde Ben weten.

„Ja, dat wil zeggen..." Doctor Creep stopte even, „... in eerste instantie. Verder nog vragen? Anders kunnen we wat mij betreft beginnen."

Nu meteen? dacht Ben. Eigenlijk had hij eerst Jeff willen bellen om het hem te vertellen. En zijn moeder. En nog een paar vrienden van school. „Kan ik eerst even bellen?"

Doctor Creep keek op zijn horloge. „Doe dat straks

17

maar. We liggen namelijk achter op ons schema."

„Alleen mijn moeder?" drong Ben aan.

Doctor Creep schudde zijn hoofd. „Daar is nu echt geen tijd voor. We moeten draaien."

„Nou, goed dan," zei Ben schouderophalend.

In de studio werd het ineens heel druk.

Een groep acteurs, verkleed en geschminkt, begon rond Ben een moerasachtig decor op te bouwen. Een vierarmig monster zette pal naast Ben een boom neer. De vampier en de mummie namen plaats achter de camera's en de weerwolven hielden zich bezig met de afstelling van de schijnwerpers.

Voor de scène waarin Ben speelde, werd de studio veranderd in een spookachtig moeras.

Doctor Creep pakte Ben bij zijn schouders en zette hem met zijn rug tegen de boom. Hij toverde een doos make-up te voorschijn en begon Ben te schminken.

In de spiegel die hem even later werd voorgehouden, zag Ben dat hij een stuk bleker was geworden, met wallen onder zijn ogen. „Gaaf, zeg!"

„Nu moeten we je even vastbinden," legde Doctor Creep uit, „voor de scène met de Hagedisman."

„Oké." Ben herinnerde zich die scène uit het draaiboek. Hét kwam er alleen maar op aan goed bang te doen. Een fluitje van een cent.

Nadat Ben aan de boom was vastgebonden, schuifelde Doctor Creep naar zijn regisseursstoel en ging zitten.

„Goed," begon hij. „Je bent de weg kwijtgeraakt in het moeras en in slaap gevallen. Als je wakker wordt, blijk je te zijn vastgebonden. Je weet dat je de Hagedisman kunt verwachten. Maar wanneer zal hij opduiken?"

Doctor Creep knikte naar een vampier achter een van de camera's. "Starten maar," gebood hij. "Klaar? En... actie!"

Vanaf de andere kant van de studio zag Ben de Hagedisman naderen en hij probeerde bang te kijken. Dat ging nog niet zo gemakkelijk als hij had gedacht, want hij was veel te enthousiast dat hij in een griezelfilm mee mocht doen.

"CUT!" riep Doctor Creep hoofdschuddend. "Opnieuw. En nu met meer angst. Oké?"

Ben knikte.

"Klaar? En... actie!"

Ben sperde zijn ogen wijd open en vertrok zijn gezicht in een grimas. Hij hoopte dat hij zo angstig genoeg keek. De Hagedisman kwam dreigend dichterbij. Zijn staart zwiepte heen en weer over de grond en zijn ogen rolden in hun kassen. Hij zag er hongerig uit en zijn tong flitste naar buiten.

Ben bleef angstig kijken, maar hij vond het helemaal te gek en genoot met volle teugen. Die schubben en die bloeddoorlopen ogen, wat zag het er allemaal verschrikkelijk echt uit!

"Hé, wacht eens," riep hij plotseling.

"CUT!" snauwde Doctor Creep. "Wat is er nu weer aan de hand?"

"Moet ik geen modder op mijn gezicht en kleren hebben? Ik heb toch in een moeras geslapen?" Ben kon het niet laten om het gezicht van de Hagedisman, die vlak voor hem stond, even aan te raken. Yeg! De huid van het monster voelde bobbelig en kil aan.

„Is dat een masker?" vroeg hij nieuwsgierig. „Laat eens zien." Hij trok eraan. Er zat geen beweging in het masker. „Zeker geen lekker gevoel als dat ding zo strak zit," merkte Ben op.

Een paar monsters kwamen dichterbij en Ben rilde. Waarom keken ze allemaal zo dreigend?

Ben zag dat de vampier-acteur achter de camera zijn mond vertrok in een gemene grijns, zodat zijn lange hoektanden zichtbaar werden. Ineens liet hij zijn camera in de steek, dook achter Ben langs en begon aan het touw te frutselen. Ben voelde dat zijn armen strak om de boom werden getrokken.

„Hé, wat doet u?" riep hij nijdig.

Niemand gaf antwoord.

De mummie, die ook dichterbij was gekomen, begon de windsels van zijn hoofd te wikkelen. Toen Ben zag wat er achter de groezelige stof schuilging, zakte zijn mond open van afgrijzen. Van het benige gezicht hingen lappen half verteerd vlees naar beneden. Lege, zwarte oogkassen staarden Ben aan. Ben slikte. Was dit nou een masker of…?

Een weerwolf aan de andere kant deed dreigend een stap naar voren. Hij begon te grommen en liet zijn blikkerende tanden zien. Langzaam stak hij zijn poten vooruit, zodat zijn dodelijke nagels zichtbaar werden. In zijn bek gleden aan weerskanten twee scherpe hoektanden naar buiten.

Ben begon het benauwd te krijgen. Waren dit wel geschminkte acteurs? Hij hoefde nu niet meer zijn best te doen om angstig te kijken.

„Laat me gaan!" schreeuwde hij. Hij probeerde zich los te rukken, maar het enige wat hij met zijn geworstel bereikte, was dat het touw nog dieper in zijn huid sneed. De Hagedisman kwam ook dichterbij. Ben voelde de zompige, hete adem op zijn gezicht. Hij werd misselijk van de stank. De Hagedisman boog zich voorover. Zijn bek ging open...

Rillend kneep Ben zijn ogen dicht. Meteen voelde hij iets scherps over zijn gezicht schrapen. Schubbige klauwen grepen hem bij zijn nek.

Doodsbang deed Ben zijn ogen weer open. „Doctor Creep! Help, alstublieft... doe iets!"

Wanhopig keek hij om zich heen, maar hij zag Doctor Creep nergens. Hij zag alleen de enorme bek met de vlijmscherpe tanden van de Hagedisman.

Ben schudde zijn hoofd om zich te bevrijden uit de greep van de griezelige klauwen, maar ze groeven zich nog dieper in zijn vlees.

Het angstzweet liep over Bens voorhoofd. Hij opende zijn mond om te schreeuwen.

Op dat moment ging de bek van het monster wagenwijd open. Verstijfd van schrik staarde Ben ernaar. Hij was ervan overtuigd dat dit het laatste was wat hij op deze wereld zou zien.

Voor hij flauwviel, hoorde hij nog net hoe iemand fluisterde: „Heb jij het ook zo warm onder al die make-up?"

21

DE TATTOO

Teleurgesteld keek Rachel naar het armbandje. Waarom had ze zich in vredesnaam laten overhalen om het te kopen? Er was niets aan. Wat moest ze eigenlijk met zo'n saai, stom ding? Het was allemaal Maggies schuld. Rachels vriendin was nu eenmaal compleet gek van sieraden. Zodra ze het sieradenstalletje had ontdekt, dat opeens op de hoek voor hun school stond, had ze Rachel meegesleept. Maggie was zo enthousiast geweest, dat Rachel zich had laten overhalen om ook iets te kopen.

Haar keus was gevallen op een zilverkleurig armbandje met gekleurde steentjes. Op het zwarte doek had het glinsterende sieraad nog iets geleken, maar nu Rachel het zo in haar hand hield, vond ze er niets meer aan. Nou ja, niets aan te doen. Zo duur was het gelukkig niet geweest.

Rachel besloot meteen aan haar huiswerk te beginnen. Misschien kreeg ze dat voor het eten af, dan kon ze vanavond nog iets met Maggie afspreken. Ze plofte op haar bed neer en trok haar rugzak open. Eerst maar eens in haar agenda kijken wat ze precies moest doen. Nadat ze alle boeken en schriften op haar bed had uitgestald, sloeg ze haar agenda open. Gelijk viel er iets uit. Een klein, kleurig plaatje.

Rachel pakte het op. Het was een plak-tattoo, zo een die je met water op je huid kunt aanbrengen.

Ze was alweer vergeten dat ze die bij het armbandje had

gekregen. Op de tattoo stond een dreigende, donkere slang, met een krans van wervelende, rode golven om zich heen. De schubben van de slang hadden een vreemde, helgroene schittering, zijn bek was rood en hij had twee scherpe, zilverkleurige hoektanden. „Hm," mompelde Rachel. „Toch best wel een gaaf ding." Ze liep de badkamer in en ging voor de wasbak staan. Zorgvuldig legde ze het plaatje ondersteboven op haar arm, waarna ze er een nat washandje op drukte. Zo bleef ze ongeveer een halve minuut staan. Ten slotte haalde ze vol verwachting het washandje van haar arm... Mislukt! Niets te zien. En de plak-tattoo zat aan het washandje vast.

Een beetje teleurgesteld wilde Rachel de afbeelding omdraaien om te kijken of er ergens een gebruiksaanwijzing stond. Op de een of andere manier werd haar blik echter naar de rode golven getrokken, die zo fel waren dat Rachel er bijna duizelig van werd. Terwijl ze ernaar staarde, gebeurde er iets vreemds.

Dwars door het oogverblindende rood werd in kleine letters een zin zichtbaar:

*Breng de afbeelding aan
met water dat enige tijd door de zon beschenen is.*

Rachel ging op de rand van het bad zitten en las de vreemde zin nog een keer. Water dat door de zon beschenen is? Wat raar... Nou ja, ze kon het altijd proberen.

Ze liep de badkamer uit en ging naar de keuken. Daar

opende ze de koelkast en pakte er een fles bronwater uit. Met de fles liep Rachel naar buiten. In de achtertuin hield ze de fles omhoog in het zonlicht. De zon weerkaatste in het glas.

Na een poosje ging Rachel in het gras zitten. Ze opende de fles, maar opeens vroeg ze zich af of ze de dop er niet af had moeten halen voor ze het water in de zon hield. Nou ja, eerst maar even proberen.

Voorzichtig zette ze de fles naast zich neer. Daarna legde ze de plak-tattoo op haar linkeronderarm. Met haar vrije hand pakte ze de fles op en liet wat water over het plaatje lopen. Ze zette de fles weer neer en drukte het plaatje stevig aan.

Toen Rachel na een halve minuut de sticker voorzichtig weghaalde, zat de slang inderdaad keurig op haar arm.

„Yes!" riep ze. Het leek net een echte tatoeage. Hij was super.

„Mam, ik fiets even naar Maggie, hoor!" riep ze naar binnen.

Rachel sprong op haar fiets en racete naar de straat waar Maggie woonde. Omdat ze weer snel thuis wilde zijn, nam ze het binnendoorweggetje via het park.

Nadat Rachel een paar honderd meter had gefietst, voelde ze plotseling een steek in haar arm.

„Au!" Het was een scherpe pijn, alsof iemand haar met twee nagels hard in haar vel kneep. Misschien een wesp die tegen haar aan was gevlogen en meteen had gestoken?

Rachel wilde stoppen om te kijken, maar de pijn ebde weg en was even later verdwenen.

Ze fietste door.

Net nadat ze een ouder echtpaar had ingehaald, voelde Rachel weer iets. Het leek alsof er iets langs haar linkerbovenbeen kroop.

Iets langs en zwaars.

Rachel gaf een gil en begon gevaarlijk te slingeren. Ze kon maar net haar evenwicht bewaren. Het ding op haar been zat er nog steeds. Wat het ook was, het kroop omhoog.

Paniekerig bleef Rachel doorfietsen en tastte al rijdend met haar hand langs haar bovenbeen. Ze durfde niet te kijken, maar ineens raakten haar vingers iets. Een lang, geschubd ding dat kronkelde.

Hè? Wat was dat? Rachel verstijfde en haar hart bonsde zo hard, dat ze dacht dat het zou ontploffen. In paniek én wanhopig pakte ze het ding vast en gooide het zo ver mogelijk van zich af in de bosjes langs het fietspad.

En nou wegwezen! schoot het door haar heen. Pas toen Rachel al haast het park uit was, kwam ze weer een beetje bij zinnen. Wat was het geweest dat ze gevoeld had? Een slang? Maar dat kon toch helemaal niet? Er zaten geen slangen in het park. Nee, het was onmogelijk, besloot ze, nadat ze er even over had nagedacht. Waarschijnlijk was het een tak geweest, of een stuk touw. Het was echt stom dat ze zo snel in paniek was geraakt, ze had er beter eerst even naar kunnen kijken voor ze het weggooide.

In een wat rustiger tempo fietste Rachel door.

Een minuut of tien later was ze bij haar vriendin.

Maggie hing voor de tv met een lege chipszak naast zich.

Rachel plofte naast haar op de bank neer. „Kijk eens wat ik heb!" Enthousiast hield ze haar arm voor Maggies neus. Maggie ging rechtop zitten. „Wauw, hé! Ik heb nog nooit zo'n gave tattoo gezien!" riep ze, terwijl ze de slang aandachtig bestudeerde.

„Dat dacht ik ook," reageerde Rachel voldaan.

„Wat ziet-ie er echt uit, hè?" Maggie kon haar ogen niet van de tattoo afhouden. „Ik heb ook zo'n plak-geval gehad, maar die is lang niet zo eng." Met de afstandsbediening deed ze de tv uit.

„Wat voor een heb jij?" vroeg Rachel.

Maggie haalde een stukje papier uit haar broekzak dat leek op Rachels plak-tattoo. Maar op Maggies plaatje stond een schorpioen met een stekende staart.

„Nou, deze is ook best wel eng," vond Rachel. „Minstens net zo eng als die van mij."

„Weet jij hoe ik hem op moet doen?" informeerde Maggie. „Ik heb het geprobeerd met water, maar het lukt me niet."

„Je moet water gebruiken dat je in het zonlicht hebt gehouden," legde Rachel uit. „Als je de sticker even op een bepaalde manier beweegt, zie je de gebruiksaanwijzing opeens verschijnen."

Maggie hield de afbeelding van de schorpioen vlak voor haar neus en bewoog hem heen en weer. „O ja, nou zie ik het!" riep ze uit. „Gaaf, zeg. Ik doe het meteen..."

„Vergeet het maar," lachte Rachel. „Kijk eens naar buiten."

Maggie keek uit het raam.

De zon was verdwenen. De lucht was betrokken en de wolken beloofden weinig goeds.

„Hè," zei Maggie teleurgesteld. „Nou ja, dan moeten we maar wachten tot de zon weer schijnt. Zullen we tv gaan kijken?"

„Nee, ik ga naar huis. Eten. Ik wilde je alleen even mijn slang laten zien." Rachel stond op en liep naar de deur. „Tot morgen op school, hè?"

„Ja, oké. Leer ze vanavond."

Midden in de nacht schrok Rachel plotseling wakker. Ze voelde opnieuw een stekende pijn in haar arm.

Rillend schoot ze overeind. Het was precies zo'n steek geweest als vanmiddag. Ze tilde haar dekbed op, deed de lamp op haar nachtkastje aan en keek naar haar arm. Niets te zien.

Met een zucht ging Rachel weer liggen en trok haar dekbed over zich heen.

Op hetzelfde ogenblik voelde ze het weer. Een venijnige, pijnlijke steek. Zou ze soms allergisch zijn voor de verfstof in de tattoo? Maar haar arm was helemaal niet rood.

Rachels adem stokte in haar keel en ze had het opeens ijskoud.

Daar was het weer. Een scherpe pijn in haar linkeronderarm. En opnieuw zo'n venijnige steek, nog harder deze keer.

Plotseling voelde ze dat er iets langs de onderkant van haar voeten gleed.

Rachel begon wild met haar benen te trappen. Wat een eng gevoel. Het leek wel of er een slang in haar bed lag! Plotseling flitste er van onder haar dekbed, vlak naast haar schouder, een zwarte, hoekige kop te voorschijn.

Rachel gilde het uit en probeerde uit bed te komen, maar ze raakte met haar benen verward in haar dekbed. Verstijfd van angst zag ze dat de slang zijn gespleten, rode tong een paar keer uit zijn bek liet flitsen.

Ineens voelde ze nog een slang! Hij gleed langs haar been. En bijna gelijktijdig voelde ze iets langs haar hand bewegen...

Volkomen in paniek probeerde Rachel zich uit haar dekbed te bevrijden. Ze trapte woest met haar benen en eindelijk lukte het. Met een bons viel ze met dekbed en al op de grond. Meteen schoot ze overeind en staarde angstig naar haar bed.

Rachel slikte. Ze had het zich niet verbeeld. Er kronkelden echt drie slangen over haar bed.

Met grote ogen keek ze naar de griezelige beesten.

Waar kwamen die krengen vandaan? En, belangrijker nu, hoe kreeg ze die slangen weer weg?

Bijna zonder na te denken, rukte Rachel haar badjas van het haakje op de deur en mikte hem over de wriemelende slangen. Ze ademde een keer diep in en trok toen in één beweging de randen van de jas naar elkaar toe. Daarna maakte ze een bal van de badjas en tilde hem op. Vlug liep ze ermee naar het raam. In de badjas voelde Rachel de slangen tekeergaan. Plotseling staken er twee scherpe slangentanden dwars door de stof heen.

Half in tranen van angst duwde Rachel met haar elleboog het raam open, waarna ze de badjas met slangen en al naar buiten slingerde.

Met een zachte plof kwam het pakket in de achtertuin terecht. De badjas viel open en Rachel kon in het licht van de maan nog net zien hoe de slangen over het gras wegkronkelden, de bosjes in.

Rachel voelde zich bibberig en slap van de angst en de spanning. Ze hield haar arm omhoog en keek aandachtig naar de tattoo.

Drie steken had ze gevoeld, en in haar bed had ze drie slangen gevonden. Vanmiddag toen ze door het park fietste, had ze één steek gevoeld. Waarschijnlijk was dat één slang geweest, dacht ze rillend.

Maar dat kon toch niet zomaar? Uit zo'n gewoon, plat plakplaatje konden toch geen levende slangen komen?

Toch leek het er wel op. Ik moet van dat ding af zien te komen, dacht Rachel koortsachtig. Ze rende naar de badkamer, pakte een washandje en probeerde met water en zeep de afbeelding van haar arm te boenen.

Het lukte niet. De slang ging er met geen mogelijkheid af, hoe hard Rachel ook wreef.

Wanhopig probeerde ze het met de anti-roosshampoo van haar vader. Dat was vast sterk spul. Maar het hielp helemaal niets.

Ten slotte probeerde ze het met de nagellak-remover van haar moeder. De huid van Rachels arm was nu rood en opgezwollen, jeukte en deed zelfs pijn, maar de slang verdween niet. Hij werd niet eens vager.

Verslagen leunde Rachel met haar hoofd tegen de spiegel. Het glas voelde heerlijk koel aan tegen haar verhitte huid.

„Wat moet ik nou doen?" mompelde ze tegen haar spiegelbeeld. „Hoe kom ik hiervan af?"

Opeens schoot haar te binnen dat Maggie ook zo'n plaatje had. Ze moest haar waarschuwen voor het te laat was! Stel je voor dat haar vriendin de tattoo op haar arm plakte. Schorpioenen... Giftige schorpioenen... Een heleboel schorpioenen!

Rachel realiseerde zich dat ze op dit uur van de nacht niet kon bellen. Ze zou moeten wachten tot de volgende ochtend.

Wanhopig liep Rachel terug naar haar kamer. Ze voelde zich nog steeds merkwaardig slap. Dat zou wel van de schrik komen, veronderstelde ze. Ze durfde niet te gaan slapen, uit angst dat er nog meer slangen te voorschijn zouden komen. Gespannen, zonder een oog dicht te doen, wachtte ze de ochtend af.

Toen het eindelijk tijd was om op te staan, zag Rachel tot haar opluchting dat het buiten grijs en somber was. De zon liet zich niet zien. Maggie was voorlopig veilig.

Een uur later rende Rachel het schoolplein op. „Heeft een van jullie Maggie gezien?" riep ze naar een paar klasgenoten die aan het basketballen waren.

„Nog niet!" antwoordde Derk Baily met de bal in zijn hand. Hij wilde net aanleggen voor een schot op de basket, toen hij de tattoo op Rachels arm zag.

Derk speelde haastig de bal af naar een teamgenoot en kwam naar Rachel toe. „Hé, hoe heb je dat voor elkaar gekregen?" Hij wees naar de slang. „Ik krijg die van mij er niet op. Cool is die slang, zeg. Ik heb er drie, drie verschillende, maar wat ik ook doe, ze blijven niet plakken. Hoe heb jij dat gedaan?"

„Eh... ik, d...dat weet ik niet meer," stotterde Rachel. Op dat moment ging de bel en opgelucht rende ze weg.

„Hé Rachel, wacht!" hoorde ze Derk roepen, maar ze draaide zich niet meer om.

In de eerste pauze kreeg Rachel eindelijk de kans om haar vriendin te spreken.

„Wat is er met jou aan de hand?" vroeg Maggie bezorgd. „Je ziet er niet uit! Ben je ziek?"

„Ik moet je spreken," antwoordde Rachel gejaagd. Ze pakte Maggie bij haar arm en trok haar mee naar een rustig plekje. „Het gaat over die plak-tattoo," begon ze. „Je moet hem niet opplakken met water dat door de zon is beschenen, want dat ding is gevaarlijk."

„Gevaarlijk?" Maggie haalde een zakje met boterhammen uit haar rugzak. „Hoezo?"

Rachel vertelde haar vriendin wat er de vorige dag in het park was gebeurd, en over de nachtelijke aanval van de slangen, die zomaar uit de tattoo leken te kruipen.

Maggie staarde haar met open mond aan. „Meen je dat nou echt? Je zit me toch niet in de maling te nemen, hè?"

Wild schudde Rachel haar hoofd. „Je móét me geloven! Gebruik die tattoo alsjeblieft niet!"

Maggie keek alsof ze nog niet helemaal overtuigd was, maar ze sloeg haar arm om de schouders van haar vriendin. „Oké, dat beloof ik. Zo belangrijk vind ik zo'n tattoo nou ook weer niet. Maar hoe moet het nu met jou? Heb je al geprobeerd dat ding eraf te wassen?" Rachel knikte wanhopig. „Ik heb van alles geprobeerd. Zeep, shampoo, nagellak-remover. Niets helpt. Moet je kijken!" Ze hield haar arm omhoog. „Het lijkt wel alsof de kleuren alleen maar nog feller zijn geworden!"

„Laat me even nadenken." Maggie nam een hap van haar boterham, kauwde haastig en slikte luid. „Ik weet iets!" riep ze opeens. „Heb je al op dat papiertje gekeken? Als erop staat hoe je die plak-tattoo moet aanbrengen, met water dat door de zon beschenen is, dan staat er vast ook wel op hoe je hem eraf kunt halen."

„Ja, natuurlijk. Wat goed van jou!" riep Rachel opgelucht. Ze voelde zich meteen een stuk beter. „Ik heb dat papiertje nog wel ergens. Straks na school ga ik gelijk kijken. Maggie, je bent een genie!"

Het volgende uur had Rachel zoveel moeite om haar aandacht bij de les te houden, dat ze zich daarna maar ziek meldde. Blijkbaar zag ze er inmiddels ook flink beroerd uit, want mevrouw Parker, de conrector, geloofde haar meteen. „Ga maar lekker naar huis en kruip in je bed," raadde ze Rachel aan. „Dan knap je hopelijk wel weer op."

Toen Rachel thuiskwam, rende ze naar boven. In de wasmand vond ze de spijkerbroek die ze de vorige dag gedragen had. Ze graaide in de achterzak en vond meteen het papiertje waar de tattoo op geplakt had gezeten. Zenuwachtig vouwde ze het open en concentreerde zich op de rode golven. Algauw werden er letters zichtbaar. Ja, er stond nog een boodschap!

Om de beeltenis te doen verdwijnen, moet men water gebruiken dat enige tijd de volle maan heeft gezien.

Rachel pakte de telefoon die naast haar bed lag en toetste Maggies nummer in. Ze hadden een tussenuur en dan ging Maggie meestal naar huis.

Haar vriendin nam meteen op. Zodra ze Rachels stem hoorde, begon ze ongeduldig vragen te stellen. „Hoe ging het? Heb je dat papiertje gevonden? Is die slang er al af?"

„Nog niet, maar ik denk dat ik weet hoe het moet," antwoordde Rachel triomfantelijk. „Je raadt nooit wat er op die sticker staat." Ze las de zin voor. „Weet jij wanneer het volle maan is?"

„Niet uit mijn hoofd, maar volgens mij staat het op de kalender bij ons in de keuken."

Terwijl Maggie met de telefoon in haar hand duidelijk hoorbaar naar de keuken rende, werd Rachel ineens zenuwachtig. Het was maar één keer in de vier weken volle maan. Wat moest ze doen als het nog drie weken duurde? Ze moest niet denken aan alles wat er in die tijd kon gebeuren. De slangen hadden haar sinds vannacht met rust gelaten, maar wie weet, konden ze ieder moment weer toeslaan.

Op dat moment klonk Maggies stem hard in Rachels

oor. „Je kunt het geloven of niet," riep ze, „maar vannacht is het volle maan!"

Die avond wachtte Rachel tot haar vader en moeder naar bed waren. Toen alles stil was, sloop ze naar beneden. Zonder geluid te maken haalde ze een fles bronwater uit de koelkast. Daarna deed ze de achterdeur open en stapte naar buiten.

De maan scheen tussen de wolken door. Vastberaden stak Rachel de fles in de lucht, zodat het maanlicht op het water kon schijnen.

Ineens werd het een stuk donkerder. Rachel keek omhoog. Er was een grote wolk voor de maan geschoven.

Vrijwel meteen voelde ze een steek in haar arm. O nee, hè!

Angstig keek Rachel naar haar arm. In het gelige licht van de buitenlamp boven de achterdeur, zag ze een piepkleine slang uit de tattoo te voorschijn komen. Rachel voelde dat ze overal op haar lichaam kippenvel kreeg, terwijl ze toekeek hoe het beest zich naar buiten wrong. Doodsbang schudde ze met haar arm, zodat het slangetje op de grond viel.

Daar begon het dier snel te groeien, tot het ten slotte een grote, donkere, griezelige slang was, die door het gras gleed en rond haar voeten kronkelde.

Rachel wilde wegrennen, maar tegelijkertijd besefte ze dat ze het gevaar met zich meesleepte: het zat op haar eigen arm!

De tattoo móést eraf! Wanhopig keek ze weer omhoog. De grote wolk schoof tergend langzaam door de lucht.

Nog steeds was er geen stukje van de maan te zien.

Tot haar schrik voelde Rachel alweer een steek in haar arm. Een klein slangetje kroop uit de tattoo en begon meteen al groter te worden.

Rachel slaakte een kreet en begon als een gek door de tuin te springen. Dit leek wel een nachtmerrie! Maar uit een nachtmerrie werd je wakker en ontsnappen aan deze beesten was onmogelijk. De slang viel door haar woeste bewegingen op de grond, maar het was alsof hij haar volgde door de tuin.

En opnieuw voelde Rachel een steek. Ze beefde van angst. Tegelijk begon ze een onverklaarbare vermoeidheid te voelen. Meteen begreep ze wat er aan de hand was: de slangen groeiden door haar kracht te gebruiken. Als er nog veel meer slangen te voorschijn kwamen, zou er van haar niets overblijven. Ze zou van binnen als het ware worden opgevreten!

Binnen een paar minuten waren er vijf slangen te voorschijn gekomen. Met hun gele ogen staarden ze haar vanuit het gras aan. Het leek alsof ze ergens op wachtten...

Rachel stond te zwaaien op haar benen. Hulpeloos keek ze naar de lucht, terwijl ze steeds nieuwe steken in haar arm voelde. Slang na slang kroop te voorschijn, kronkelde over haar arm en viel in het gras. Ze nam niet eens meer de moeite om ze van zich af te schudden. Tien, vijftien... Het waren er zoveel, dat Rachel de tel kwijtraakte.

De hele achtertuin wemelde van de slangen. Ze sisten en kronkelden, en allemaal bleven ze in de buurt van Rachel. Sommige staken dreigend hun kop in de lucht, alsof ze elk moment konden aanvallen.

Doodsbang deinsde Rachel achteruit, tot ze in de allerachterste hoek van de tuin stond. Nog steeds liet de maan zich niet zien. De slangen achtervolgden haar. Ze gleden door het gras en kwamen steeds dichterbij... nu leken ze zelfs een cirkel om haar heen te vormen.

Krampachtig hield Rachel de fles met bronwater vast. Ze was zo bang, dat ze bijna geen adem meer kon halen.

Eindelijk kwam de maan te voorschijn.

De hele achtertuin baadde opeens in het maanlicht! Opgelucht keek Rachel om zich heen. Met trillende handen hield ze de fles een tijdje omhoog en probeerde hem toen open te draaien.

Ze had niet genoeg kracht! De dop zat zo stevig vast, dat Rachel hem met haar zweterige handen niet los kreeg.

Nee, dit kon niet waar zijn. Rachel klemde haar tanden op elkaar en probeerde nog een keer om de fles open te maken, maar ze kreeg het echt niet voor elkaar.

En alweer voelde ze een steek in haar arm. Scherper dan alle voorgaande keren.

Uit de tattoo kroop een slang die meteen griezelig snel groeide. Zijn kop was zo groot als de vuist van een volwassen man.

Met een gil van angst liet Rachel de fles in het gras vallen.

De reuzenslang hief zijn kop omhoog en liet een luid gesis horen. De andere slangen reageerden hierop door nog dichter naar Rachel toe te glijden.

Rachel kon niet meer nadenken. Ze deed het enige wat ze nog kon bedenken: met haar laatste krachten nam ze een enorme sprong. Ze dook over de kring van slangen heen... en greep de fles.

Zo snel als ze kon, kwam ze overeind. Voor haar ogen verschenen zwarte vlekken en even wankelde Rachel, maar ze herstelde zich.

Ze knipperde met haar ogen en zag hoe de reuzenslang haar dreigend aanstaarde. Hij richtte zich hoog op en zijn bek ging open. De venijnige, gevorkte tong flitste naar buiten en de glanzende hoektanden waren duidelijk te zien.

Met al haar kracht draaide Rachel aan de dop van de fles. Eindelijk, hij gaf mee. „Hier, rotbeest!" Ze schudde zo wild met de fles, dat het water over de slang heen spatte.

De slang zakte met een smak terug op de grond. Damp steeg op van zijn krimpende lijf.

„Het werkt!" fluisterde Rachel vol ontzag.

Maar nu draaiden de andere slangen zich naar haar toe en maakten zich klaar voor de aanval.

„Pas maar op!" siste Rachel. Met zwaaiende bewegingen zwiepte ze het bronwater over de kronkelende dieren. Die spartelden en verkrampten, totdat hun lijven ook veranderden in damp, die opkringelde boven het natte gras.

Rachel hield de fles bronwater omhoog. Hij was bijna leeg. Het laatste beetje water goot ze in haar rechterhand. Zorgvuldig wreef ze ermee over haar tattoo.

De kleuren van de slang begonnen door elkaar te lopen. De inkt werd een troebel stroompje dat van haar arm afgleed en in het gras druppelde.

Opgelucht en volkomen uitgeput liet Rachel zich in het

gras zakken. Ze kon niet meer. Vermoeid sloot ze haar ogen.

Toen ze weer een beetje was bijgekomen, keek Rachel om zich heen. Ze was hier werkelijk in haar eentje in de achtertuin. Alle slangen waren verdwenen.

„Ik zweer dat ik nooit meer een tattoo zal aanbrengen," beloofde ze zichzelf plechtig. „Nooit meer!"

Toen Rachel de volgende ochtend het schoolplein op kwam en rondkeek waar Maggie stond, viel haar mond open. Bijna iedereen had een tattoo op zijn arm!

„Rachel!"

Maggie worstelde zich door een groepje leerlingen heen en kwam naar Rachel toe rennen. „Het is vreselijk! Derk heeft ons gisteren af staan luisteren en nu weet iedereen hoe je die tattoo..."

Op dat moment dook Derk voor hen op. Hij ging naast Rachel staan, met zijn handen op zijn rug.

„Bedankt, hè," zei hij grinnikend. „Als ik niet van jullie had gehoord hoe je die plak-tattoos moet aanbrengen, dan was ik er nooit achter gekomen. Hier... verrassing!"

Voordat Rachel iets kon zeggen, liet Derk zijn ene hand op haar arm terechtkomen en zijn andere op Maggies arm. Rachel voelde iets vochtigs. Ze probeerde zich los te rukken, maar dat ging niet. Derk hield haar stevig vast.

Toen hij haar eindelijk losliet, staarde Rachel met grote ogen naar haar arm, waarop een tattoo was geplakt van een dikke, harige vogelspin.

ALS HET VOLLE MAAN IS...

Brian hing onderuitgezakt op de achterbank van zijn vaders auto en keek naar het landschap dat met een vaart van zo'n honderdtwintig kilometer per uur voorbijschoot. „Hé, is er iets?" vroeg zijn vader, terwijl hij in de achteruitkijkspiegel keek. „We zijn al twee uur onderweg en je hebt nauwelijks iets gezegd. Je hebt er toch wel zin in?" „Ja hoor. Gaat wel." Brian haalde zijn hand door zijn haar en bleef naar buiten kijken. Hij was met zijn ouders op weg naar Thunder Lake, een vakantiekamp waar Brian voor de eerste keer naartoe ging.

„Weet je zeker dat er niks is?" vroeg zijn vader nog een keer.

„Laat hem nou," zei Brians moeder. „Volgens mij is hij gewoon een beetje zenuwachtig."

Brian haalde zijn schouders op. Hij zou het nooit toegeven, maar zijn moeder had eigenlijk wel gelijk. Hij was inderdaad zenuwachtig.

„Het wordt een geweldige tijd. Zeker weten," probeerde zijn vader hem op te vrolijken.

Jij hebt lekker kletsen, dacht Brian. Jij kunt zo weer weg. Ik moet er blijven.

Normaal gesproken zou Brian zich nooit druk gemaakt hebben om zoiets als een zomerkamp. Hij legde altijd makkelijk contact en hij was best in voor nieuwe dingen. Maar deze keer was het anders. Hij had iets gehoord over Thunder Lake. „Hè?! Moet je daarheen?" had Jim, een van zijn vrienden, geroepen, toen Brian vertelde wat hij in de zomervakantie ging doen. „Mijn neef is er ook geweest! Nou, het was voor hem mooi de eerste en de laatste keer! Het barst daar van de weerwolven, joh!"

Brian had gegrijnsd. „Weerwolven? Ja, hoor," had hij spottend gezegd. „Man, die bestaan helemaal niet!"

„Ik meen het, echt!" had Jim volgehouden. „Ga er maar heen. Dan kom je er zelf wel achter."

Natuurlijk geloofde Brian niet in weerwolven. Zo stom was hij nou ook weer niet. Maar door de woorden van Jim was hem wel iets anders te binnen geschoten. Het kamp lag midden in de bossen en in die bossen barstte het waarschijnlijk van de gewone wolven!

Sinds Brian als klein jongetje een keer gebeten was door een wolf in de dierentuin, was hij als de dood voor die beesten. Hij had er jaren nachtmerries van gehad en nog steeds kreeg hij koude rillingen als hij aan wolven dacht.

„Ik vind het wel ongezellig dat je verjaardag precies in deze week valt," zei zijn moeder. Ze draaide zich om. „Maar we vieren het nog wel een keer goed als je thuiskomt."

Brian mompelde iets. Zijn veertiende verjaardag... ach, dat zei hem eigenlijk niets.

„Nog tien kilometer!" hoorde hij zijn vader plotseling zeggen.

Brian kwam met een ruk overeind en staarde door de voorruit. Hij zag nog net een bord voorbijflitsen. *Thunder Lake 10.*

Een paar minuten later volgde het bord waarop stond

dat het nog acht kilometer was.

Brian werd al zenuwachtiger.

Ten slotte verscheen het bord:

WELKOM BIJ THUNDER LAKE!

JONGEREN-VAKANTIEKAMP

Bij de receptie hoorden Brian en zijn ouders dat er die week zo'n dertig jongeren werden verwacht. Daarna kregen ze een rondleiding door het kamp, dat bestond uit een aantal kleine, houten slaapbarakken en een groot hoofdgebouw, met daarin de wasruimte, de toiletten, de receptie, de keuken en kantine, en het kantoor van de beheerder.

Tijdens de rondleiding zag Brian regelmatig andere jongelui aankomen, die door hun ouders naar het kamp werden gebracht. De meesten waren ouder dan hij.

Algauw vertrokken zijn vader en moeder, nadat ze hem nog verteld hadden waar hij allemaal op moest letten. Brian slenterde, zuchtend over zoveel betutteling, naar de verzamelplaats voor het hoofdgebouw.

Jake, de kampleider, heette iedereen hartelijk welkom. Hij was een joviale figuur met een gouden ringetje in zijn rechteroor. Om te beginnen legde hij wat uit over de gang van zaken in het kamp. Brian merkte al snel dat hij de jongste van de groep was, samen met een bleke, roodharige jongen die Kevin heette.

Jake maakte ook de indeling van de slaapbarakken bekend. Tot Brians opluchting was hij met Kevin ingedeeld in een van de kleine barakken. Er konden vier personen in, maar twee bedden bleven leeg.

Al tijdens de lunch in de openlucht werden Brian en Kevin, waarschijnlijk omdat ze de twee jongsten waren, het mikpunt van de groep. Het begon ermee dat een stel jongens Kevin pestten omdat hij zich telkens insmeerde met zonnebrandlotion. Brian had het ook gezien, maar deed niet mee met het gepest. Hij vond het wel logisch dat Kevin met zijn bleke huid zich regelmatig insmeerde. Vervelender vond hij het toen de jongens hem even later ook begonnen te treiteren.

Brian was namelijk niet alleen de jongste, maar ook de kleinste van de groep, en dat was in de ogen van de anderen genoeg om hem ook te pakken te nemen.

De twee oudsten van de groep, Phil en Don, waren het ergst. Don was groot en breed en had donker, krullend haar. Phil was lang en slungelig. Hij had blauwe kraaloogjes en droeg een knalrood T-shirt met een zwarte opdruk.

„Tjonge, die Don zou ik niet graag in het donker tegenkomen," zei Kevin tegen Brian, terwijl ze naar het veld liepen waar ze zouden gaan honkballen.

„Laat-ie het maar niet horen," antwoordde Brian. „Volgens mij is dat voor hem meteen een aanleiding om je in elkaar te slaan!"

Even later was Brian aan slag en hij liep naar voren.

Don was de catcher. Met een helm en een beschermschort voor zat hij gehurkt achter de slagplaat. Toen hij Brian aan zag komen, grijnsde hij gemeen. „Jij gaat uit, wedden?"

Brian, die niet van plan was om zich door wie dan ook op zijn kop te laten zitten, wilde hem een vuile blik toewerpen. Maar hij verstijfde toen hij Don aankeek. Die tanden! Brian had nog nooit zulke lange, glinsterende hoektanden gezien. En ze waren zo te zien ook vlijmscherp.

Toen Don zag dat Brian naar hem keek, stopte hij met lachen en draaide snel zijn hoofd om.

Brian haalde diep adem en ging tussen Don en de slagplaat staan. Terwijl hij de knuppel in de aanslag bracht, kreeg hij ineens het onbehaaglijke gevoel dat Don ieder moment zijn vlijmscherpe tanden in zijn kuit kon zetten. Omdat hij totaal niet oplette wat de werper deed, sloeg hij de eerste bal finaal mis.

Hij hoorde Don achter zich gniffelen en keek over zijn schouder. Tot zijn stomme verbazing zag Dons gebit er weer volslagen normaal uit. Geen spoor van de lange, vlijmscherpe hoektanden...

Toen de wedstrijd was afgelopen, vroeg Brian zich nog steeds af of hij het goed gezien had. Iemand kon toch niet het ene moment lange tanden hebben en meteen daarna weer niet? Onwillekeurig gingen zijn gedachten naar het verhaal van Jim over de weerwolven. Zou dat dan toch waar zijn?

Brian schudde zijn hoofd. Hij had zich die lange tanden alleen maar verbeeld vanwege het verhaal van Jim. Hij moest zijn fantasie niet op hol laten slaan.

Terwijl ze na het honkballen terugliepen naar het kamp, kon Brian het toch niet laten om Kevin te vertellen wat hij van Jim had gehoord en wat hij zojuist had gezien. Hij was benieuwd hoe zijn nieuwe vriend zou reageren.

„Ik wist dat het een keer zou komen," grinnikte Kevin, terwijl hij zijn fles zonnebrandlotion voor de dag haalde en zijn armen insmeerde. „Ik heb ook verhalen gehoord over de weerwolven van Thunder Lake, maar die geloof je toch niet! Don wil je gewoon pesten. Het was natuurlijk zo'n nep-vampiergebit."

Natuurlijk, waarom had hij daar zelf niet aan gedacht? vroeg Brian zich af. Toch was het een beetje vreemd. „Waarom draaide hij dan zo snel zijn hoofd om als hij me alleen maar bang wilde maken?"

Kevin haalde lachend zijn schouders op. „Weet ik het. We zullen voor alle zekerheid voorzichtig zijn als het volle maan wordt. Want dan slaan weerwolven altijd toe, toch?"

„Wanneer is het volle maan?" vroeg Brian.

„Volgens mij al gauw," antwoordde Kevin. „Toen ik gisteravond naar buiten keek, was de lucht helder en de maan bijna helemaal rond. Misschien is het vanavond wel zover."

Die avond ging Brian op tijd naar bed, maar de slaap wilde niet komen. Hij kon de weerwolfverhalen niet van zich afzetten. Hoewel hij wist dat het onzin was, kreeg hij er toch de kriebels van. Er bestonden geen weerwolven, hield hij zichzelf voor. Don was gewoon een vervelende klier, precies zoals Kevin had gezegd.

Het was doodstil in het kamp. Brian hoorde alleen maar Kevins regelmatige ademhaling. Door het eentonige ritme van dit geluid doezelde hij ten slotte toch weg.

Ineens schoot er een beeld door Brians hoofd van een klein jochie dat in de dierentuin zijn hand door de tralies stak om die lieve, grote hond te aaien. Voor hij het in de gaten had, had de wolf zich bliksemsnel omgedraaid. Hij trok zijn lippen op en Brian zag de vlijmscherpe tanden van het dier blikkeren...

Brian schrok wakker. Verdwaasd keek hij om zich heen. Die nachtmerrie had hij al heel lang niet meer gehad.

Zijn blik ging naar het enige raam in hun barak. Er hingen geen gordijnen voor en daarom kon hij de maan goed zien. Die was helemaal rond. Nou ja... bijna...

Vaag kwamen de beelden van daarnet nog even terug en Brian begon te zweten. Wie weet, liepen er buiten wel echte wolven door hun kamp...

Plotseling klonk er geritsel.

Brians hart begon te bonzen. Wat was dat? Een eekhoorn? Het geluid kwam dichterbij en Brian rilde. Nee, een eekhoorn maakte niet zoveel herrie.

Meteen daarop klonk vlak achter de deur een zacht gegrom. Daarna gekras, het schrapen van nagels over hout... Opnieuw gegrom.

Stijf van angst staarde Brian naar de deur, alsof die elk moment met een daverende knal uit zijn sponningen kon vliegen.

Het geritsel verplaatste zich weer.

Het was natuurlijk een geintje van Don en zijn vrienden, dacht Brian. En er was maar één manier om daar achter te komen.

Hij liet zich uit bed zakken en kroop op zijn knieën naar het raam. Voorzichtig kwam hij een stukje omhoog en tuurde naar buiten.

Daar, tussen de bomen, bewoog iets! Brian zag een spitse, ruige kop en even leek het of zijn hart stopte met kloppen. Met bonzend hart boog hij zich wat dichter naar het glas toe om het beter te kunnen zien.

De gedaante rende in de richting van het meer. In een flits zag Brian duidelijk de behaarde kop met de blikkerende tanden. En iets roods... Rood? Een rood T-shirt?

„Dat is Phil!" Brian hapte naar adem.

„Hè, wat?" klonk de slaperige stem van Kevin achter hem.

„Kom eens, Kev!" wenkte Brian. „Vlug. Daar gaat Phil. Tussen de bomen!"

„Ja hoor, vast," mompelde Kevin slaapdronken. Hij kwam wankelend uit bed en zwalkte naar Brian bij het raam. „Waar is-ie dan?"

Brian schudde zijn hoofd. „Weg. Maar ik weet zeker dat het Phil was, en hij had de kop van een weerwolf!"

„Hou nou eens op met dat flauwe gedoe." Kevin keek Brian geërgerd aan. „Snap je het niet? Phil neemt je gewoon in de maling, net als Don. Ze weten dat je bang bent, en daarom nemen ze je te grazen! Stom van je dat je er telkens intuint." Hij gaapte en draaide zich om. „Nou, ik duik mijn bed weer in."

Brian stapte ook in bed, maar de rest van de nacht deed hij nauwelijks een oog dicht.

Zodra het licht werd, stond hij op en sloop naar buiten

zonder Kevin wakker te maken. Met samengeknepen ogen speurde hij de zanderige grond voor de deur van hun slaapbarak af. Ja, hebbes! Pootafdrukken. Ze waren groter dan die van een wolf. Veel groter. En de sporen liepen in de richting van de bomen.

Nu wist Brian het zeker. Phil was een weerwolf! Straks zou hij de sporen aan Kevin laten zien en dan zou zijn vriend hem geloven. Voldaan stapte Brian onder de douche. Eindelijk had hij een bewijs.

Toen hij twee uur later Kevin mee naar buiten trok om hem de pootafdrukken te laten zien, was er geen spoor meer te vinden...

Die dag was Brian jarig. Hij vertelde het alleen aan Kevin, maar waarschuwde hem om het tegen niemand te zeggen. Als hij thuiskwam, zou hij zijn verjaardag wel vieren. Hier wilde hij liever niet te veel aandacht op zichzelf vestigen.

De dag verstreek. Brian kon aan niets anders meer denken dan aan weerwolven. Hij probeerde zo weinig mogelijk stil te staan bij wat er allemaal kon gebeuren. Misschien duurde het nog een paar dagen voordat het volle maan was. Tot die tijd was hij veilig. Toch?

's Avonds was er een barbecue bij het meer. Na het eten ging de groep rond het kampvuur zitten. Jake, de kampleider, vertelde een griezelverhaal over een stel zombies die een dorp onveilig maakten.

Het verhaal ging een beetje langs Brian heen. Zombies in een dorp... nou en?

Hij hield Don en Phil nauwlettend in de gaten. Het

kampvuur wierp vreemde schaduwen over hun gezichten en hun ogen glansden roodachtig in het licht van de vlammen. Met een beetje fantasie kon Brian zich die twee wel als weerwolf voorstellen...

Het kampvuur begon langzaam te doven en Jake riep dat het tijd werd om de slaapbarakken op te zoeken.

Brian was al een stuk met de groep meegelopen, toen hij merkte dat hij zijn trui bij het kampvuur had laten liggen. Erg veel zin om hem te halen had Brian niet, maar hij wilde zijn trui ook niet zomaar de hele nacht buiten laten liggen. Hij draaide zich om en rende terug.

De maan verlichtte het grote, stille meer.

Toen Brian bij de oever kwam, zag hij een donkere gedaante die in het zand knielde. De gedaante richtte zijn hoofd op naar de hemel en er glinsterde iets in het maanlicht. Jakes gouden oorringetje.

Brian zag hoe Jake zijn armen langzaam in de lucht stak, zijn mond opende... en een hoog, klagelijk gehuil aanhief.

Het was het bloedstollende gejank van een wolf. Geen mens kon dat nadoen!

Brian voelde dat de haartjes in zijn nek recht overeind gingen staan. Een paar tellen bleef hij als verstijfd staan kijken. Daarna draaide hij zich om en zette het op een lopen. Hij moest zo snel mogelijk weer bij de anderen zien te komen!

Tot zijn opluchting zag hij algauw in de verte schimmen. Was dat Kevin, die daar in z'n eentje achteraan liep? Brian zette een eindspurt in.

„Hé, hoorde je dat wolvengehuil?" hijgde hij, toen hij

zijn vriend bijna had ingehaald. „Dat was Jake!"

De jongen draaide zich om. Het was Kevin niet, het was Don. En hij propte haastig iets weg in zijn mond. Maar Brian had nog net gezien wat het was. Een rauw stuk vlees. En het bloed droop langs Dons kin.

„Echt waar, erewoord. Het was rauw vlees! En dat gejank! Heb je dat niet gehoord?" Brian struikelde bijna over zijn woorden, maar Kevin bleef kalm in zijn slaapzak liggen, met zijn handen onder zijn hoofd.

„Ik heb niks gehoord en niks gezien," antwoordde hij zuchtend. „En voor de rest heeft niemand hier verder last van weerwolven. Ze willen je gewoon pesten, man. Ga nou toch slapen. Als die weerwolven vannacht binnenkomen, roep je me maar."

„Ja, maar ik..." Brian maakte zijn zin niet af. Het had toch geen nut. Bovendien begon hij keelpijn te krijgen. En dat werd er door al dat praten ook niet beter op. Zou het door de vochtige lucht hier bij het meer komen?

Hij trok snel een T-shirt en een pyjamabroek aan, kroop in zijn slaapzak en ging op zijn rug liggen. Gespannen keek hij naar het raam. De maan was rond. Ronder kon bijna niet. Het móést wel volle maan zijn. Maar dan...

Brian voelde zich zwaar van vermoeidheid. Hij was bang om te gaan slapen, maar hij had de vorige nacht ook al zo weinig rust gehad. Langzaam voelde hij zich wegglijden in een lichte slaap.

Ineens schrok hij wakker van een zacht, doordringend, hoog geluid. Brian verstijfde in zijn slaapzak en hij voelde een koude rilling over zijn hele lijf lopen. Zijn hart begon als een razende te bonzen. Dat geluid daarbuiten had hij eerder gehoord!

„Hé, Kev!" fluisterde hij schor. „Hoor je dat?"

Het bleef stil in de kleine ruimte.

Opnieuw klonk buiten het angstaanjagende gehuil. Luider nu. Het geluid kwam dichterbij.

„Kevin?" Brian ging rechtop zitten en tuurde naar Kevins bed. Hij hapte naar adem. Het bed van zijn vriend was leeg!

Opnieuw klonk het klagelijke gejank.

Waar hing Kevin uit? vroeg Brian zich geschrokken af. Zou hij soms naar de wc zijn?

Brian kroop haastig uit zijn slaapzak. Hij wilde hier niet in z'n eentje blijven. In deze barak zat hij als een rat in de val. Tijd om zich aan te kleden gunde hij zich niet. Hij trok alleen zijn sokken en schoenen aan.

Terwijl hij gehaast zijn veters dichtknoopte, merkte Brian dat zijn vingers stijf waren. Hij voelde zich trouwens helemaal nogal vreemd. Hij was niet ziek, maar toch voelde hij zich... anders.

Toen hij slikte, merkte hij dat zijn keel nog rauwer was geworden. De buitenlucht zou het er zeker niet beter op maken, maar hij moest hier weg. Hij voelde zich hier opgesloten.

Geruisloos sloop Brian naar de deur, opende hem voorzichtig en gluurde naar buiten...

Daar, op nog geen vijftig meter afstand, stond Kevin, met zijn rug naar hem toe.

„Hé, Kev!" Brian rende naar buiten. „Kom nou binnen, man!" Zijn stem sloeg over. „Heb je het niet gehoord? De weerw..."

Kevin draaide zich om en Brian bleef staan, verstijfd van angst.

Kevin was... Kevin niet meer. Van een afstand zag Brian dat het gezicht, de nek en de handen van zijn vriend bedekt waren met dik, zwart haar. En toen hij zijn mond opende, zag Brian twee lange hoektanden glinsteren.

Plotseling hief Kevin zijn hoofd omhoog naar de maan en begon te janken.

Brian bleef stokstijf staan.

Iets voorbij Kevin stonden nog drie grommende, grauwende wezens.

Brian voelde zijn hart op topsnelheid tekeergaan. Hij herkende ze meteen. Don, Jake en Phil. Alle drie waren ze veranderd in weerwolven! De jongens liepen naar Kevin toe, hieven een voor een hun harige koppen naar de maan en begonnen mee te janken.

Brian wilde zich omdraaien en terugrennen naar zijn slaapbarak, maar plotseling kregen de weerwolven hem in de gaten. Hij zag hun lange, scherpe hoektanden glinsteren in het maanlicht.

Brian durfde zich niet meer om te draaien. Langzaam, voetje voor voetje, schuifelde hij achteruit, terwijl hij de vier weerwolven geen moment uit het oog verloor.

De weerwolven hadden het door en reageerden onmiddellijk. Ze splitsten zich op alsof het zo was afgesproken, en begonnen hem te omsingelen.

Brian begreep dat hij nooit aan hen kon ontsnappen. Zelfs als hij erin slaagde om de barak te bereiken, dan zouden de weerwolven hem nog te pakken kunnen nemen. Ze lieten zich heus niet tegenhouden door een raam!

Hij wilde schreeuwen, maar er kwam geen geluid over zijn lippen. Zijn benen trilden en zijn hart bonkte in zijn pijnlijke keel.

De weerwolven kwamen langzaam dichterbij... steeds dichterbij.

Kevin was het eerst bij Brian.

Toen hij vlak voor hem stond, hief Kevin een van zijn klauwen op en... trok het masker van zijn hoofd.

Brians mond viel open.

Toen Kevin dat zag, begon hij te lachen. Hij lachte zo hard, dat hij nauwelijks op zijn benen kon blijven staan. De andere drie, Jake, Don en Phil, trokken nu ook grijnzend hun maskers af.

„Welkom, groentje!" brulde Kevin tussen twee lachaanvallen door. „Jij bent dit jaar uitgekozen voor een bezoek van de weerwolven! En o ja, ik ben niet helemaal eerlijk tegen je geweest. Ik ben hier al voor de tweede keer. Vorig jaar hebben ze míj deze grap geleverd!"

„Dat klopt." Jake haalde een minidisc-speler uit de zak van zijn spijkerjack en zette hem aan. Het wolvengejank klonk levensecht. „Digitaal gesampeld uit een natuurfilm," legde hij grinnikend uit.

Phil hield twee oude schoenen omhoog, waarvan de zolen waren bijgesneden om de pootafdrukken te krijgen, die Brian in de zanderige grond had gezien.

Don liet Brian de nep-hoektanden zien, die hij tijdens de honkbalwedstrijd had gedragen. Daarna zwaaide hij met een plastic zak onder Brians neus. „Ketchup en gemalen spaghetti. Net bloed en rauw vlees, hè?"

Brian knikte sprakeloos.

De vier jongens sloegen hem lachend op zijn schouder.

„Je vindt het toch niet erg dat we je in de maling hebben genomen?" vroeg Kevin.

Brian opende zijn mond om te antwoorden, maar tot zijn verbazing kwam er uit zijn keel alleen een vreemd, onheilspellend gegorgel.

„Hé, we gaan niet grappig doen, hè?" vroeg Phil wantrouwig.

Opnieuw ontsnapte er een laag, dreigend gegrom aan Brians mond en plotseling kreeg hij overal jeuk.

Verbaasd staarde hij naar zijn handen. Ze waren bedekt met een dikke laag ruig haar. De nagels van zijn vingers groeiden razendsnel en kromden zich tot scherpe klauwen. Brian klapte zijn kaken open en dicht. Het maakte een vervaarlijk geluid. Toen hief hij zijn spitse snuit naar de volle maan en jankte, hard en hoog.

De vier jongens die om hem heen stonden, stoven uit elkaar.

Brian liet ze gaan, want hij wist dat hij ze toch wel te pakken zou krijgen. Hij begon ineens lol te krijgen in dit vakantiekamp...

HET KRIJTLOKAAL

Tess Johnson veegde het zweet van haar voorhoofd. Het was pas half acht, maar zo te voelen was het al minstens een graad of vijfentwintig. En tot overmaat van ramp was de airconditioning in de bus kapot. Ze zuchtte. Dit werd een waardeloze dag, zeker weten.

Even later stopte de bus. De chauffeur opende de achterste deur. „Hé," riep hij naar Tess, „we zijn bij het eindpunt. Verder kunnen we niet."

„Gelukkig," mompelde Tess. „Ik kan ook niet meer." Ze pakte haar weekendtas en stapte uit.

De halte was pal voor het gebouw waar ze moest zijn. *MILL HOUSE, ZOMERSCHOOL* stond er op een verweerd houten bord bij de hoofdingang.

Tess bleef staan en keek naar het oude, verwaarloosde gebouw. Het telde drie verdiepingen en was opgetrokken uit rode baksteen, maar daar was niet veel meer van te zien. Uitlaatgassen en de rook van de fabrieken op het industrieterrein in de buurt hadden het hele gebouw bedekt met een dikke roetlaag. Een paar ramen op de tweede verdieping waren met planken dichtgetimmerd. Het dak was hier en daar verzakt en miste een aantal pannen.

„Nou, dit is het dan." Tess sjokte de trap op naar de monumentale voordeur. „Gezellige zomer zal het worden."

Het was het afgelopen jaar nogal misgegaan op school. Tess had er een behoorlijke puinhoop van gemaakt. Uiteindelijk was ze er nog net in geslaagd voorwaardelijk over te gaan. De conrector had haar moeder echter geadviseerd om Tess naar Mill House te sturen. Mill House was een interne zomerschool waar ze alle vakken een beetje kon bijspijkeren. Volgens de conrector bereikte men hier fantastische resultaten.

Tess baalde. In de zomervakantie naar school gaan was al erg genoeg, maar tot overmaat van ramp moest ze hier nog slapen ook! Daar gingen alle plannen om met haar vriendinnen naar het strand te gaan en 's avonds lekker te gaan stappen.

Met een zucht opende ze de deur van Mill House en liep naar binnen. Ze stond meteen in een grote hal, waar het donker was en droog, en muf rook. Tess begon te hoesten.

Toen haar ogen aan het schemerduister gewend waren, zag ze in een hoek de omtrek van een fonteintje. Ze liep erheen, draaide de kraan open en hield haar mond eronder. Het water was lauw en smaakte bitter.

Tess richtte zich weer op en keek de hal rond. De school maakte een uitgestorven indruk. Er was helemaal niemand te bekennen.

Ze liep verder, tot ze bij een deur kwam waar *DIRECTEUR* op stond. Tess klopte en wachtte even. Niemand reageerde. Ze duwde voorzichtig de deurkruk naar beneden, maar de deur zat op slot.

Ze probeerde de volgende deuren. Die gingen wel open en kwamen allemaal uit op lege klaslokalen. Nergens een teken van leven. Het enige geluid dat Tess hoorde, was het gepiep van haar schoenzolen op de stenen vloer.

Ze kreeg het nu toch wel een beetje benauwd. Wat was er aan de hand? Was ze te vroeg? Was dit het verkeerde gebouw?

Opeens galmde er een stem door de hal. „Tess Johnson?"

Tess schrok en draaide zich zo snel om, dat ze bijna over haar eigen voeten struikelde. Achter haar stond een lange, magere man met een bleek gezicht.

„J...ja, dat ben ik," stamelde Tess.

„Je bent te laat, Tess," zei de man kil.

Tess zag dat hij dunne lippen had, die nauwelijks bewogen terwijl hij sprak.

Ja hoor, dat heb ik weer, dacht Tess met een zucht. Ze keek op haar horloge. Het was één minuut over acht!

„Ik was hier keurig op tijd, maar ik kon niemand vinden," sputterde ze tegen.

„Als je ergens voor het eerst komt, moet je zorgen dat je ruim op tijd bent. Nu is er geen tijd meer om je de slaapvertrekken te wijzen." De lange man draaide zich om.

Tess zuchtte. Haar eerste dag hier op school en ze zat alweer in de puree. Echt geweldig.

De lange man liep naar een deur achter in de gang. Erachter was het enige lokaal dat Tess nog niet had gezien en het zat stampvol met jongens en meiden van haar eigen leeftijd.

Toen Tess binnenkwam, viel haar meteen op dat het angstvallig stil bleef, alsof op spreken de doodstraf stond. Geen wonder dat ze had gedacht dat het hele gebouw verlaten was...

Tot Tess' opluchting herkende ze wel meteen een paar

leerlingen van haar eigen school, zoals Bob Atwater en Janice Humphries. Janice was aardig, maar heel verlegen. Bob was een druktemaker, die erom bekend stond dat hij de meest fantastische verhalen wist te vertellen waarom hij zijn huiswerk weer eens niet had gemaakt.

„Daar achteraan is nog een plaats vrij, Tess," wees de magere man. „Schiet een beetje op en ga zitten."

Tess gehoorzaamde haastig. Ze had geen zin om nog meer problemen te krijgen. Snel plofte ze op haar stoel en met haar armen over elkaar wachtte ze af wat komen ging.

De magere man draaide zich half om naar het bord, pakte een krijtje en schreef zijn naam op: GRIMSLEY. Daarna sloeg hij zijn armen over elkaar en keek de klas rond. Het was wel duidelijk dat hij niet erg te spreken was over wat hij voor zich zag.

„Ik waarschuw jullie, jongelui," begon hij streng. „Ik heb weinig geduld met leerlingen die er met de pet naar gooien. Heb je dat begrepen, Bob?"

Bob trok stomverbaasd zijn wenkbrauwen op. „Heeft u het tegen mij? Hoe weet u dat ik zo heet?"

„Ik weet alles van je, Bob." Meneer Grimsley keek zijn leerlingen om de beurt grimmig aan. „Ik weet alles over iedereen hier. Jullie zijn geen van allen dom, alleen stuk voor stuk lui. Maar knoop dit goed in je oren: met geintjes en flauwe smoesjes red je het hier niet."

Bob grijnsde en meneer Grimsley wierp hem een afkeurende blik toe. Daarna ging hij verder. „Zorg dat je altijd je huiswerk hebt gedaan. Anders eindig je in het krijtlokaal."

„Het krijtlokaal?" vroeg een meisje dat schuin voor Tess

zat. „Wat is dat, meneer?"

„Daar kom je wel achter als je je huiswerk een keer niet maakt, Amanda. Dus als ik jou was, zou ik zorgen dat het altijd goed voor elkaar is."

„Krijgen we elke dag huiswerk op?" wilde Bob weten.

„Je bent hier toch om te werken?" antwoordde meneer Grimsley kortaf. „Ik verwacht dat jullie iedere avond drie uur aan je huiswerk zitten. En nu stilte. Ik begin met de les."

De lessen gingen door tot vijf uur 's middags. Tegen die tijd had Tess overal kramp van de keiharde stoel waar ze de hele dag op moest zitten. Ze had flink de pest in. Wat een strafkamp! Ze had een stapel huiswerk voor de volgende dag en bovendien moesten ze meteen al een opstel schrijven. Het onderwerp was: *bedenk een aantal redenen waarom je een ontdekkingsreiziger zou willen zijn, en werk die uit tot een serieus opstel.* Wie bedacht zoiets?

Tess pakte haar weekendtas en liep het lokaal uit. Op de gang bleef ze wat verloren staan. Waar moest ze nu heen?

Gelukkig kwam Janice naar haar toe. „Kom mee, dan wijs ik je waar je moet slapen. We moeten wel opschieten, want om half zes worden we in de eetzaal verwacht."

„Ben je hier ook vandaag voor het eerst?" vroeg Tess.

Janice schudde haar hoofd. „Mijn moeder heeft me gisteravond al gebracht. Ik ben blij toe, want Grimsley heeft de pest aan laatkomers."

De meidenslaapzaal was op de eerste verdieping. Het was een grote, kille zaal, met aan twee kanten bedden. Alle bedden stonden precies even ver van elkaar af en ze waren opgemaakt met grijze dekens.

„Gezellige boel hier," merkte Tess op toen ze binnenkwam. „Tjonge zeg, dit lijkt wel een gevangenis. Die Grimsley heeft zeker een carrière als gevangenisbewaarder achter de rug?"

Ze had verwacht dat Janice wel zou glimlachen, maar die haalde alleen haar schouders op. „Het studielokaal is hiernaast," vertelde ze. „We hebben allemaal een eigen bureau. Ik ga nu gauw naar de eetzaal, want ik wil niet te laat komen. De eetzaal is beneden, vlak bij de voordeur."

Verbaasd keek Tess haar na. Het was pas kwart over vijf! Die Grimsley had de wind er wel onder, zeg.

Vlug gooide ze haar weekendtas op een bed dat nog niet bezet was en legde wat spullen in de hoge metalen kast die ernaast stond. Daarna ging ze op zoek naar de eetzaal.

Tot Tess' grote opluchting ontdekte ze al van een afstandje waar die was. Er klonken vrolijke stemmen, en ze hoorde Bob overal bovenuit.

Het bleek dat de leerlingen waren verdeeld in drie groepen, die allemaal corvee hadden. De groep waar Bob in zat, moest de tafels dekken en het eten opscheppen. Bob was bezig de soep in kommen te gieten. Daarbij hield hij de soeplepel ongeveer een meter boven de kommen, tot groot vermaak van twee meiden uit zijn groep.

Opeens klonk er een donderende stem en iedereen verstijfde.

„Atwater! Vanavond dubbel corvee!" Meneer Grimsley was in de deuropening verschenen.

Bob liet de soeplepel zakken. „Maar ik..."

Grimsley was alweer verdwenen, voor Bob verder kon protesteren tegen de straf. Bob trok een gezicht naar de dichte deur, maar de rest van de maaltijd hield hij zich rustig.

Tess was samen met Janice ingedeeld bij de afwasploeg. Tegen een uur of zeven waren ze eindelijk door de eindeloze hoeveelheid borden en bestek heen.

„Gaan we nu ergens koffie drinken?" vroeg Tess aan Janice.

Janice schudde haar hoofd. „We krijgen straks koffie of thee in het studielokaal. Ik ga meteen beginnen met mijn huiswerk, anders krijg ik het nooit af."

Zuchtend liep Tess achter haar aan. Thuis was ze gewend om hooguit een uurtje per dag aan haar huiswerk te besteden, en dat alleen als ze er zin in had. Ze moest er niet aan denken om nu nog eens drie uur te gaan zitten studeren. Nou ja, niks aan te doen.

Terwijl ze naar boven liep, zag ze dat Bob druk bezig was de toiletten schoon te maken.

Met veel tegenzin begon Tess aan haar huiswerk. Gelukkig had ze de meeste onderwerpen al eerder gehad op school, dus lukte het haar om alles redelijk snel te maken. Het opstel bewaarde ze voor het laatst. Ze had altijd al een hekel gehad aan opstellen.

Het was al negen uur geweest toen Tess redenen begon op te schrijven waarom ze een ontdekkingsreiziger zou willen zijn.

1. *Je ziet veel van de wereld.*

2. *Je eet allerlei vreemde gerechten.*

3. *Je hoeft nooit je kamer op te ruimen.*

Zou dit voldoende zijn? En hoe moest ze hier nu een 'serieus opstel' van maken? Tess gaapte. Hoe ze ook haar best deed, ze kon haar hoofd er niet bij houden. Wanhopig probeerde ze een vierde reden te bedenken, maar haar hersens wilden niet meewerken.

Om kwart voor tien was Tess nog niets opgeschoten. De meeste anderen waren al naar de slaapzaal gegaan en Tess besloot dat het mooi was geweest voor vandaag. Ze had echt haar best gedaan, morgen zou ze wel verder zien.

De volgende dag had ze dus maar drie redenen op papier staan waarom ze een ontdekkingsreiziger zou willen zijn. Dat bleken er nog altijd drie meer te zijn dan Bob had.

„Heb je je huiswerk niet gedaan, Bob?" vroeg meneer Grimsley streng.

Bob schudde met een treurig gezicht zijn hoofd. „Het spijt me, maar ik was tot negen uur bezig met mijn corvee en toen was ik zo moe, dat ik me niet meer kon concentreren."

„Drie uur huiswerk, heb ik gezegd," snauwde meneer Grimsley. „Ingerukt. Ik breng je naar het krijtlokaal." Hij opende de klasdeur en liep de hal in.

Bob stond op en liep achter meneer Grimsley aan, maar bij de deur stopte hij. „Wacht even, ik heb mijn schrijfblok vergeten."

Meneer Grimsley draaide zich om en grijnsde. Tess rilde. Hun leraar zag er normaal al eng uit, maar nu was hij helemaal griezelig. „Het krijtlokaal is niet bedoeld om in te werken, Bob."

„Dan niet." Bob haalde zijn schouders op en liep de gang in.

Tess hoorde het geluid van hun voetstappen langzaam wegsterven. Ineens schalde Grimsley's stem door de verlaten hal. „Nee, hierheen. We gaan naar boven."

Een paar minuten later kwam de leraar terug. Zonder Bob.

In de pauze liet Bob zich niet zien. En na schooltijd evenmin.

Ook de volgende dag kwam Bob niet opdagen. Van de andere jongens hoorde Tess dat zijn bed niet beslapen was.

Misschien is-ie van school getrapt, dacht ze.

Later die dag gaf meneer Grimsley zijn leerlingen het proefwerk terug dat ze de dag ervoor gemaakt hadden.

Tess hoorde hoe Marty Blank, die naast haar zat, zachtjes vloekte toen hij zijn blaadje terugkreeg. „Hè shit, een vier."

„Je had het zeker niet voorbereid?" informeerde meneer Grimsley. „Of wel?"

Marty zuchtte. „Ik heb het echt geprobeerd!"

„Naar het krijtlokaal, Marty," gebood meneer Grimsley.

„Waarom?" riep Marty benauwd. „Daar wil ik niet heen! Ik ben niet zoals Bob. Ik wil graag mijn best doen en goeie cijfers halen!"

Meneer Grimsley zei niets. Hij kwam naar Marty toe, pakte zijn blaadje op en wees met een priemende vinger naar het cijfer bovenaan. „Een vier," zei hij bits. „Je hebt dus niet genoeg je best gedaan. Kom, mee naar het krijtlokaal."

Marty wilde nog iets zeggen, maar bedacht zich. Langzaam stond hij op en volgde meneer Grimsley de hal in.

De volgende dag was ook Marty verdwenen.

„Misschien heeft Grimsley hem net als Bob van school gestuurd," zei Tess tegen Janice. Het was pauze en ze hadden een kwartier om even naar buiten te gaan. „Of misschien heeft Marty zijn ouders zo gek gekregen dat ze hem zijn komen ophalen. Wie weet, ligt hij nu lekker op het strand."

„Dat kan," zei Janice langzaam. „Of misschien zit hij nog steeds in het krijtlokaal."

Ze staarden allebei naar de dichtgetimmerde ramen op de tweede verdieping.

„Volgens mij heeft Grimsley ze daarnaartoe gebracht," ging Janice fluisterend verder. „Je kon hun voetstappen op de trap horen..." Ze rilde en bleef naar de tweede verdieping kijken. „Wat denk je dat er in het krijtlokaal gebeurt, Tess?"

„Ze laten je krijt eten."

„Ha ha, wat leuk," zei Janice. Ze huiverde. „Hé, ik weet niet hoe het met jou zit, maar ík begin 'm toch aardig te knijpen. Ik had al een paar keer een vijf voor een proefwerk. Misschien ben ik wel de volgende die naar het krijtlokaal moet."

Tess haalde haar schouders op. De volgende, dat kon ze net zo goed zélf zijn...

Later die middag begon Janice te trillen als een rietje toen ze het cijfer op het proefwerk zag, dat meneer Grimsley haar teruggaf.

„M...maar ik heb echt heel hard gewerkt," stamelde ze. „Eerlijk waar."

Meneer Grimsley zei geen woord. Terwijl hij Janice strak aankeek, liep hij naar de deur, waar hij op haar bleef wachten.

Janice stond op en liep langzaam en met gebogen hoofd naar meneer Grimsley toe. Ze verdwenen de hal in.

Een paar minuten later kwam meneer Grimsley weer terug. Hij begon aan de les alsof er niets gebeurd was.

Aan het eind van de schooldag sprak hij zijn leerlingen streng toe. „Jullie huiswerk voor wiskunde weten jullie. Morgen geef ik een schriftelijke overhoring. Ik eis van iedereen een voldoende."

Een voldoende? schoot het door Tess heen. Ik heb nog nooit een voldoende voor wiskunde gehad. Nog nóóit...

Toen de bel ging, haastte ze zich naar de slaapzaal. De spullen van Janice lagen er nog, maar haar vriendin zelf was nergens te bekennen. Tess wachtte een half uur, maar Janice kwam niet opdagen.

Ook tijdens het eten was ze er niet.

Voordat Tess aan haar huiswerk begon, liep ze langs de telefoon die aan de muur in de eetzaal hing. Ze pakte het telefoonboek en zocht het nummer van Janice. Vlug tikte ze het nummer in, maar er werd niet opgenomen.

Zodra ze achter haar bureau zat, begon Tess aan haar wiskundehuiswerk, maar ze was zo gespannen, dat ze zich nauwelijks kon concentreren. Stel je voor dat ze geen voldoende haalde en dat Grimsley ook haar naar het krijtlokaal stuurde! Wanhopig keek Tess iedere vijf minuten op haar horloge. Ze werd steeds zenuwachtiger. Normaal begreep ze al niet veel van wiskunde, maar nu leek het wel Arabisch. Ze kon er helemaal niets van maken.

Toen Tess een dag later haar proefwerk inleverde, wist ze al dat ze het verknald had. Vijf van de negen vragen had ze niet eens beantwoord. Met angst en beven dacht ze aan de volgende dag, als meneer Grimsley de proefwerken zou hebben nagekeken. Weliswaar was het dan zaterdag, maar tot Tess' afschuw ging de school dan gewoon door. Het enige verschil was dat ze om twee uur 's middags al zouden stoppen met de lessen, zodat ze een paar uur vrij hadden voor het eten.

Het enige waar Tess die avond aan kon denken, was het slecht gemaakte wiskundeproefwerk. En aan het krijtlokaal.

Op zaterdagmorgen liep ze met lood in haar schoenen het lokaal in. Ze ging op haar plaats zitten en keek gespannen naar meneer Grimsley, die al achter zijn bureau zat met de proefwerken in een keurig stapeltje voor zich.

Toen iedereen er was, schraapte de leraar zijn keel. „Jullie krijgen nu je proefwerk terug," kondigde hij aan. „Bijna iedereen heeft een voldoende."

Het viel Tess op dat meneer Grimsley haar niet aankeek. Was dat een goed teken? Of juist niet?

„Bennett, Amanda," zei de leraar luid en duidelijk. „Een tien."

Nee, hè, dacht Tess geschrokken. Hij gaat alle cijfers opnoemen!

„Drake, Josh... een acht. Evers, Brian... een negen. Franklin, Marnie... een zeven."

Wauw! Tess kon haar oren niet geloven en ze kreeg weer een beetje hoop. Wat een goeie cijfers allemaal! Misschien viel dat van haar ook mee...

Meneer Grimsley bleef namen en cijfers opdreunen.

Eindelijk was Tess aan de beurt. Ze voelde het bloed in haar aderen kloppen toen meneer Grimsley een blik op haar proefwerkblaadje wierp.

„Johnson, Tess... een vier."

Er ging een zucht door de klas.

„E...een vier? Ik kan het veel beter, hoor," stamelde Tess. „Mag ik het niet over maken?"

„Bij mij krijgt niemand een herkansing," zei meneer Grimsley kortaf.

„Alstublieft, toe nou!" riep Tess wanhopig. „Ik wil niet naar het krijtlokaal!"

„Tess, hou je mond," zei meneer Grimsley op een onheilspellende toon. „Ik heb jullie van tevoren verteld wat ik van jullie verwachtte, en je wist wat het gevolg kon zijn als je een onvoldoende haalde."

Tess keek verslagen om zich heen. Een paar klasgenoten keken haar medelijdend aan. Anderen durfden dat niet en zaten over hun boeken gebogen.

Meneer Grimsley stond op. „Kom, Tess."

Tess beefde zo erg, dat ze nauwelijks kon lopen. Wankelend volgde ze de leraar de hal in. Daar keek ze om zich heen. In de verte lokte de voordeur. Zou ze een ontsnappingspoging wagen? Meneer Grimsley had langere benen, maar hij was ook een stuk ouder.

„Bespaar je de moeite," zei meneer Grimsley plotseling. „De voordeur zit op slot."

Tess slikte. Het enige wat ze kon doen, was de leraar volgen.

Meneer Grimsley liep de trap op naar de eerste verdieping en daarna meteen naar de tweede. Daar was het aardedonker. Het enige licht kwam van de gloeilamp die in het trappenhuis hing.

Ze passeerden een aantal lokalen. Lokaal 269, lokaal 270, daarna 271...

Bij lokaal 272 bleef meneer Grimsley staan. Hij duwde tegen de deur, die krakend en piepend openging. Daarna draaide de leraar zich om naar Tess. „Vaarwel, Tess."

Tess deinsde achteruit. De angst snoerde haar keel dicht en ze kon geen woord uitbrengen. Ze keek langs meneer Grimsley het lokaal in, maar ze kon niets onderscheiden. De ruimte was in duisternis gehuld.

Meneer Grimsley greep Tess bij haar schouders en duwde haar naar binnen. Het volgende moment sloeg de deur met een klap achter haar dicht.

Tess durfde nauwelijks adem te halen.

Minuten verstreken zonder dat er iets gebeurde. Tess tuurde angstig om zich heen. Langzaam, heel langzaam begonnen haar ogen aan de duisternis te wennen.

Ze zag dat er mensen om haar heen zaten. Nog iets later herkende ze hen. Bob... Marty... Janice...

Achter hen zag Tess de schimmen van jongens en meisjes die ze nog nooit gezien had. Maar waarom waren ze zo bleek? En ze keken zo gekweld. Wat was hier aan de hand? Was er iets dat Tess nog niet had opgemerkt?

Tess voelde dat haar nekharen overeind gingen staan en ze keek behoedzaam om zich heen.

Er was niets bijzonders te zien. Dit was gewoon een klaslokaal. Bij het bord stond iemand die ze nog nooit had gezien. Het enige ongewone was dat niemand werk voor zich had liggen.

Vanuit haar ooghoeken zag Tess dat de gestalte die voor de klas stond, zijn hand ophief.

Meteen ging er een gekreun door de klas. Iedereen hief zijn handen op.

Tess begreep er niets van. Wat was er aan de hand?

Op dat moment hoorde ze het geluid. Het vreselijkste, meest doordringende geluid dat ze ooit gehoord had. Het klonk zo scherp dat het door merg en been ging.

Onwillekeurig hief Tess ook haar handen op om haar oren te bedekken. Maar hoe hard ze ook op haar oren drukte, het geluid drong nog steeds tot haar door. Het vulde haar hoofd en krijste door haar lichaam.

Plotseling begreep Tess alles. Ze begreep waarom deze ruimte het krijtlokaal werd genoemd en waarom de anderen zo angstig keken.

Het geluid dat ze hoorde, was het gruwelijke, krijsende gepiep van een krijtje op een schoolbord...

DE ZAPPER

Larry Gold had één grote hobby: tv kijken. Urenlang zat hij te kijken, programma na programma, met de afstandsbediening in de aanslag. Zodra hij iets saai vond worden, zapte hij naar een andere zender. Eigenlijk vond Larry dat zappen het leukste van tv kijken. Het gaf hem een gevoel van macht.

Een vervelende presentator? Hoppa! Volgende zender. Een stomme reclame over hoofdpijntabletten? Ja, dag! Volgende programma...

Larry vond de afstandsbediening de uitvinding aller tijden.

Op een dag, toen Larry in de keuken een glas cola stond in te schenken, kwam zijn vader thuis. Meneer Gold had een pak ter grootte van een halve schoenendoos bij zich. Hij zette het op de keukentafel.

„Hoi pap, wat is dat?" vroeg Larry nieuwsgierig.

„Wacht maar," antwoordde meneer Gold geheimzinnig. „Je zult het zo zien." Hij begon het uit te pakken.

In de gang klonken haastige voetstappen en het volgende moment kwam Megan, Larry's zus, de keuken in. „Wat is dat? Wat heb je daar?" vroeg ze aan haar vader, toen ze het pak zag.

„Bemoei je d'r niet mee," snauwde Larry.

Hun vader ging onverstoorbaar verder met uitpakken.

Even later hield hij een kleine kartonnen doos omhoog, waarop in hoekige, zwarte letters stond:

SOKAI TV 3000 AB
UNIVERSELE AFSTANDSBEDIENING

Vol belangstelling las Larry wat er op de doos stond. „Hé, te gek! Zo'n ding wilde ik altijd al hebben."

„Het was een buitenkansje," legde zijn vader uit, terwijl hij de doos openmaakte. „Op weg naar huis kwam ik langs een winkeltje dat me eigenlijk nog nooit is opgevallen. Maar kennelijk zit het er al een tijdje en loopt het niet goed, want ze hadden opheffingsuitverkoop. Dit geval kostte nog niet de helft van de oorspronkelijke prijs. Goed, hè?" Hij pakte de afstandsbediening uit de doos en gaf hem aan Larry.

„Wat is daar nou zo bijzonder aan?" vroeg Megan minachtend. „Het is toch gewoon een afstandsbediening?"

„Nou, zo gewoon is hij niet," begon haar vader uit te leggen. „Deze afstandsbediening werkt op bijna alle apparaten. Op de tv, de videorecorder, de cd-speler en de radio. En als we een laser disc-speler hadden, zou hij daar ook op werken."

„Wauw!" riep Larry enthousiast. „Mag ik hem uitproberen?"

„Van mij wel," antwoordde meneer Gold. „Er zitten alleen nog geen batterijen in."

„O, dan doe ik de batterijen van de oude afstandsbediening er wel in," zei Larry. „Die gaan nog best een tijdje mee, volgens mij."

„Dit ding moet trouwens ook nog op onze apparaten worden afgesteld." Meneer Gold pakte een dun boekje uit de doos en legde het op tafel. „Hier is de gebruiksaanwijzing. Denk je dat jij dat kunt of zal ik..."

„Natuurlijk kan ik dat," onderbrak Larry zijn vader. Ongeduldig pakte hij het boekje. Een paar tellen later liep hij met de nieuwe afstandsbediening en de gebruiksaanwijzing de kamer in.

„Maar niet uren met dat ding blijven hannesen, hè?" riep zijn vader hem vanuit de keuken achterna. „Ik neem aan dat je ook nog huiswerk hebt."

Larry luisterde niet. Huiswerk! Hij had nu echt wel wat beters te doen. Haastig haalde hij de batterijen uit de oude afstandsbediening en stopte ze in de nieuwe. Daarna bestudeerde hij de gebruiksaanwijzing en begon alles in te stellen.

Een kwartiertje later was de klus geklaard. De SOKAI TV 3000 AB werkte perfect. Larry kon met de nieuwe afstandsbediening doen wat hij wilde. Het ene moment regelde hij de tv, het andere moment de videorecorder. Hij kon het geluid van de tv uitzetten en tegelijkertijd een cd laten draaien, zodat het net leek alsof de nieuwslezer een hit uit de top honderd zong!

Terwijl hij het apparaat zat uit te proberen, kwam Megan de kamer in. „Ik wil naar *Zware Tijden* kijken."

„Kan niet," antwoordde Larry kortaf. „Ik ben bezig."

„Maar het begint zo!" riep Megan.

„Ik zei toch dat het niet kon! Schiet op, wegwezen."

„Ik zeg het tegen mam, hoor," dreigde Megan.

„Als je dat maar laat!" schreeuwde Larry. Hij vloog van de bank en greep zijn zus bij haar pols beet.

Megan reageerde bliksemsnel. Ze rukte de afstandsbediening uit Larry's hand en gooide hem weg. Het apparaat kwam met een klap tegen de radiator en viel op de grond.

„Kijk nou wat je doet!" Larry liet zijn zus los en raapte de afstandsbediening op. Toen hij hem voorzichtig heen en weer schudde, rammelde er iets aan de binnenkant. Met een angstig voorgevoel richtte Larry de afstandsbediening op de tv en drukte een knop in.

Er gebeurde niets. Het beeld bleef op dezelfde zender staan.

„Stomme trut!" riep Larry kwaad. „Je hebt hem kapot gemaakt!"

„S...sorry." Megan draaide zich om en liep snel de kamer uit.

Larry liet zich op de bank neerploffen en staarde naar het kapotte apparaat in zijn hand. Wat nu? Als zijn vader erachter kwam dat de afstandsbediening nu al stuk was, zwaaide er wat. Misschien kon hij hem nog repareren. Eerst dat ding maar eens openmaken.

Larry liep naar de keuken, pakte een kleine schroevendraaier uit de la en draaide daarmee de schroeven aan de achterkant van de afstandsbediening los. Zo maakte hij het apparaat open. Er was niet meer te zien dan een paar chips en wat weerstandjes en draadjes. Hij duwde op goed geluk een beetje tegen alle uitstekende onderdelen en maakte de afstandsbediening weer dicht. Hij hield hem bij zijn oor en schudde voorzichtig.

Het gerammel was weg.

Gespannen richtte Larry de afstandsbediening op de tv en drukte een zender in. Hé, hij deed het weer! Opgelucht begon hij te zappen.

Tien minuten later kwam zijn moeder de kamer in. „Larry, ben je nou nog niet met je huiswerk begonnen? Hè, doe die tv eens uit. Ik heb al zo vaak gezegd dat je niet zo lang moet kijken. En zodra je je huiswerk af hebt, heb ik een klusje voor je. Trouwens, waarom mag Megan geen tv kijken? En..." Mevrouw Gold ging maar door. Er kwam geen eind aan.

Larry zuchtte. Hij probeerde zich af te sluiten voor zijn moeders preek, maar ze ging steeds harder praten. Terwijl ze zo doorratelde, richtte Larry voor de gein de afstandsbediening op haar mond en drukte op ⊠ .

Op hetzelfde ogenblik schrok hij zich te pletter.

Zijn moeder ging gewoon door met haar gezeur, maar er kwam geen geluid meer uit haar mond!

Larry's blik gleed van zijn moeder naar de afstandsbediening en langzaam drong het tot hem door wat er was gebeurd: hij had haar geluid 'afgezet'!

Hij drukte nog een keer op dezelfde knop.

„...Bovendien is het ook nog steeds een troep op je kamer. Wanneer leer je nou eens eindelijk om..."

Larry drukte opnieuw de ⊠ -knop in. Hoppa! Gespannen keek hij naar zijn moeder. Haar mond bleef bewegen, maar hij hoorde niets. Te gek! Dit was hartstikke gaaf. Hij kon het geluid van zijn moeder afzetten!

Klik!

„...Dus vanaf nu is het afgelopen met de pret, Larry!"

Mevrouw Gold was kennelijk klaar met haar preek, want ze draaide zich om en liep de kamer uit.

„Wauw!" Ademloos keek Larry naar de knoppen van de nieuwe afstandsbediening. Wat een mogelijkheden!

Even later kwam Sparky, hun hond, de kamer in.

„Sparky, kom!" riep Larry.

Kwispelstaartend kwam de hond naar Larry toe en ging aan zijn voeten op de grond liggen. Hij begon met zijn achterpoot in zijn nek te krabben.

Larry liet zijn blik langs de knoppen van de afstandsbediening gaan. Hij koos de ⧠▷ -knop, richtte het apparaat op Sparky en drukte.

De achterpoot van de hond bewoog meteen een heel stuk trager en Sparky's bek zakte van tevredenheid langzaam open. Zijn flaporen waaierden heen en weer op het vertraagde ritme van zijn gekrab.

„Waanzinnig, hé!" mompelde Larry. Dit was echt niet te geloven. Hij drukte de knop nog eens in, waarna Sparky weer op normale snelheid begon te bewegen.

Larry haalde een paar keer diep adem. Wat een ontdekking! Met deze afstandsbediening kon hij de hele wereld besturen...

„Larry, eten!" riep zijn moeder vanuit de keuken.

„Ik kom eraan!" Larry schoot zijn spijkerjack aan en stopte de afstandsbediening in een van de zakken. Dat ding kon hij van nu af aan maar beter bij zich houden. Stel je voor dat Megan hem in handen kreeg!

Even later zat hij afwezig in de sperziebonen op zijn bord te prikken. Hij was in gedachten nog veel te veel met zijn ontdekking bezig om aandacht te hebben voor het eten. Wat zou hij met de afstandsbediening gaan doen? En hoe kon het dat die ook op de echte wereld werkte? „Wat is er, joh? Ben je niet lekker?" vroeg zijn moeder bezorgd, terwijl zijn vader zijn halfvolle bord van tafel haalde. „Nou, misschien kun je voor het toetje wat meer enthousiasme opbrengen."

Larry wierp een blik op de schaal die ze op tafel zette. Mmm, chocoladepudding. Hij schepte flink op en viel meteen aan. In een mum van tijd had hij alles op. Hij zou best nog meer lusten. Jammer dat de schaal al leeg was.

Plotseling kreeg Larry een idee. Zonder dat de anderen er erg in hadden, haalde hij de afstandsbediening uit zijn zak. Hij hield het apparaat half onder de tafel. Zo kon hij de knoppen nog net zien.

Larry drukte de ◁◁-knop in.

Razendsnel begonnen zijn ouders en Megan de pudding uit hun mond te scheppen! Hun schaaltjes raakten langzaam weer gevuld.

Larry bleef terugspoelen tot het moment dat alle pudding weer in de grote schaal zat. Toen liet hij de knop los.

„Nou," herhaalde mevrouw Gold, „misschien kun je voor het toetje wat meer enthousiasme opbrengen."

Larry onderdrukte met moeite een grijns. Even later plantte hij zijn lepel diep in zijn volgende portie pudding.

Nadat hij zijn bord voor de tweede keer leeg had gegeten, drukte Larry opnieuw op de ◁◁-knop, en dat deed hij ook na zijn derde portie pudding. Na zijn vierde portie kon hij geen pap meer zeggen!

Op school begonnen de volgende dag de lessen met aardrijkskunde. Nadat iedereen was gaan zitten, zei mevrouw Gifford: „Oké jongelui, zoals afgesproken hebben jullie vandaag een schriftelijke overhoring." Ze begon meteen proefwerkpapier uit te delen.

Shit, dat is waar ook! dacht Larry geschrokken. Helemaal vergeten. Hij was de vorige dag zo druk bezig geweest met de afstandsbediening, dat hij niet meer aan die schriftelijke overhoring had gedacht. Hoe moest hij zich hieruit redden?

Een seconde later schoot de oplossing hem al te binnen. Natuurlijk! Hij hoefde helemaal nergens meer bang voor te zijn. Zolang hij de afstandsbediening bij zich had, kon hem niets gebeuren. Dan kon hij de hele wereld besturen.

Mevrouw Gifford had de blaadjes inmiddels uitgedeeld en draaide het bord om. „Luister, de vragen heb ik op het bord geschreven. Jullie krijgen een half uur om ze te maken. Veel succes."

Larry las de overhoring snel door. Allemaal vragen waarop hij het antwoord niet wist. Wat is de functie van het tropisch regenwoud voor het klimaat op aarde? Geen idee. Toch maakte hij zich geen zorgen. Terwijl de rest van de klas ijverig zat te pennen, tekende Larry een paar rijen poppetjes op zijn blaadje.

De tijd verstreek en ten slotte gaf mevrouw Gifford op gedempte toon aan dat ze nog één minuut hadden.

Larry wachtte nog een paar seconden en haalde toen behoedzaam de afstandsbediening uit zijn rugzak. Hij drukte de ⏸⏸-knop in en zwaaide het apparaat met een snelle beweging in het rond.

Het ging precies zoals hij had gehoopt. De hele klas zat er opeens als bevroren bij. Mevrouw Gifford, die net gapend naar buiten keek, bleef met open mond voor zich uit staren. Mick Delaney zat in zijn neus te pulken; het topje van zijn wijsvinger bleef erin vast zitten. Alice Schwartz, de beste leerling van de klas, had net haar pen willen neerleggen, en haar hand hing een paar centimeter boven haar tafel in de lucht.

Larry pakte zijn proefwerkblaadje en sprong overeind. Twee tellen later stond hij naast Alice en keek over haar schouder naar de antwoorden die ze had opgeschreven.

Larry schreef alles over en ging weer op zijn eigen plaats zitten. Met een grijns drukte hij nog een keer op de ⏸-knop. Iedereen kwam weer in beweging.

„Goed, jongelui," zei mevrouw Gifford. „Pennen neer. De tijd is om."

Larry legde zijn pen neer en keek zuchtend om zich heen, alsof het maken van de overhoring hem verschrikkelijk veel moeite had gekost. Daarna gaf hij zijn blaadje door naar voren. Dit was echt geweldig! Vanaf nu ging zijn leven er heel anders uitzien.

Larry stopte de afstandsbediening niet terug in zijn rugzak, maar hield hem in zijn hand. Nu dat stomme schriftelijk achter de rug was, kon hij best nog wat lol trappen.

Omdat de les zo saai was, drukte hij om te beginnen op de knop ▷▷. Het was een maf gezicht. En het werd nog maffer toen Larry op ⏸▷ drukte, op het moment dat de rector binnenkwam.

Terwijl de lerares een schema op het bord schreef, drukte Larry op de volumeknop, zodat het gepiep van het krijtje als het oorverdovende gekrijs van een motorzaag klonk. De andere leerlingen drukten geschrokken hun handen tegen hun oren.

In de pauze ging Larry met een paar vrienden naar de aula. Daar was het de gebruikelijke drukte van pratende, soms schreeuwende en lachende leerlingen.

Op een gegeven moment probeerde meneer Pinkus, de conciërge, met een brul een paar jongens tot de orde te roepen.

Larry vond het behoorlijk overdreven. Wie schreeuwde er hier nou het hardst? Hij richtte de afstandsbediening op de conciërge en drukte op ⚔. Meneer Pinkus bleef geluidloos verder razen. Even was Larry bang dat het de anderen op zou vallen, maar tot zijn opluchting draaide de conciërge zich om en liep zijn kantoortje in.

Tevreden stopte Larry het apparaat terug in zijn rugzak. Nu kon hij tenminste in alle rust zijn brood opeten en met zijn vrienden kletsen.

Toen de pauze bijna voorbij was, pakte Larry zijn rugzak. Hij wachtte tot de meeste leerlingen naar hun lokaal verdwenen, zodat hij de conciërge weer ongemerkt op 'aan' kon zetten. Maar op het moment dat hij zijn hand in zijn rugzak stak om de afstandsbediening te voorschijn te halen, sloeg Larry's hart een slag over.

Het apparaat was verdwenen!

Hij probeerde niet in paniek te raken en rustig na te denken. Waar kon dat ding nou zijn gebleven? Hij had hem toch zeker weten teruggestopt?

„Hé, ik denk dat ik jou maar eens even op slow motion ga zetten," hoorde Larry plotseling iemand zeggen. Hij keek met een ruk op.

Vlak bij hem, op nog geen meter afstand, stond Danny Wexler, een grote, sproetige, roodharige slungel die een klas hoger zat dan hij. Hij had Larry's afstandsbediening in zijn hand.

„Blijf met je poten van dat ding af!" riep Larry met overslaande stem. „Geef terug, voordat..."

„Voordat wat?" vroeg Danny met een grijns. „En waarom heb jij een afstandsbediening bij je? Ik zag je er wel mee spelen, hoor! Ik heb hem even van je geleend. Eens kijken..." Hij liet zijn wijsvinger langs de knoppen van het apparaat glijden.

„Niet doen!" Larry sprong naar hem toe en graaide in één beweging de afstandsbediening uit Danny's hand.

„Geef terug." Danny deed dreigend een stap naar voren.

In paniek drukte Larry op de ⬛⬛-knop. Meteen bleef de jongen tegenover hem als bevroren staan.

Larry bukte zich om zijn rugzak te pakken en ervandoor te gaan, maar opeens begon er achter hem een meisje te gillen. „Hé, wat heb je gedaan? Danny beweegt zich niet meer!"

Larry draaide zich om en staarde het meisje aan. Hij besefte dat ze alles gezien had. Wat een ellende!

Haar vriendinnen begonnen zich er nu ook nog mee te bemoeien. „Wat heb je daar?" Een van de meiden stak haar hand uit naar de afstandsbediening.

„Afblijven!" riep Larry in paniek.

„Wat is hier aan de hand?" klonk luid de stem van mevrouw Franken, de conrector. Ze was ongemerkt naar hen toe gekomen. „Geef dat ding maar hier," ging ze streng verder, terwijl ze haar hand uitstak naar de afstandsbediening.

Dit mocht niet gebeuren! Haastig richtte Larry het apparaat op mevrouw Franken en drukte op de ☐☐-knop. De conrector bleef als een standbeeld staan, met haar hand naar voren.

Op hetzelfde ogenblik klonk er een angstige schreeuw door de aula. „Help! Larry heeft Danny en mevrouw Franken betoverd!"

Larry besefte dat hij de 'betovering' beter ongedaan kon maken. Hij hing zijn rugzak op zijn schouder, zodat hij meteen weg kon sprinten en drukte nog een keer op de ☐☐-knop.

Er gebeurde niets. Mevrouw Franken bleef als een standbeeld staan.

Larry staarde geschrokken naar de afstandsbediening. Hij schudde hem heen en weer en drukte nog een paar keer krampachtig op de knop.

Er veranderde niets. Larry raakte plotseling zo in paniek, dat hij er duizelig van werd. De aula begon om hem heen te draaien. Wat had hij gedaan? Hoe moest het nou verder met Danny en mevrouw Franken? Zouden ze voorgoed zo blijven staan? En de conciërge?

„Grijp Larry," hoorde hij ineens iemand schreeuwen.

„En pak dat ding van hem af!"

Larry aarzelde niet langer en rende de aula uit.

Achter hem zette een groepje leerlingen de achtervolging in. „Hé, blijf staan! Hou hem tegen!"

Larry stopte, draaide zich om en richtte met een trillende hand de afstandsbediening op zijn achtervolgers. In het wilde weg drukte hij een paar knoppen in.

Er gebeurde niets. Er was niet één knop die werkte.

Intussen kwam het groepje schreeuwend dichterbij.

In paniek bleef Larry op de knoppen van de afstandsbediening drukken. Geen enkele knop deed het... tot hij op de UIT-knop drukte...

Plotseling werd het stikdonker om Larry heen.

„Hé!" Geschrokken knipperde hij een paar keer met zijn ogen, maar de duisternis bleef. Bovendien was het doodstil. Zijn schreeuwende achtervolgers waren verdwenen. Alle leerlingen waren weg. Trouwens, ook de aula was in rook opgegaan. De hele school was er niet meer.

Larry verstijfde. Geen beeld meer... geen geluid... Wat gebeurde er allemaal?

Zijn aandacht werd getrokken door een flauw, rood schijnsel op de afstandsbediening. Het was een lampje dat zwak knipperde en elk moment uit kon gaan.

Ineens drong het tot Larry door wat dat knipperende lampje te betekenen had: de batterijen waren leeg.

HET HUIS AAN HET EIND VAN DE STRAAT

Laura Peters was voor de zoveelste keer verhuisd. Haar ouders hadden namelijk de gewoonte om eens in de zoveel jaar een of andere bouwval te kopen, die helemaal op te knappen en dan weer op zoek te gaan naar een nieuw project.

Laura en haar broer Mike vonden het vreselijk. Iedere keer moesten ze weer wennen aan een andere stad en een nieuwe school, maar het leek erop dat hun ouders deze keer het huis van hun dromen hadden gevonden. „In dit huis wil ik tot mijn dood blijven wonen," had Laura's moeder plechtig gezegd.

Het was een enorm groot, oud huis, dat vooral opviel door zijn kromme schoorsteen.

Laura moest toegeven dat het een leuk huis was. Het zat vol vreemde hoeken en bochtige gangetjes. Steeds weer vonden ze ergens een bergruimte of een kast die ze nog niet eerder hadden gezien. Laura's kamer was heel groot, en zodra haar ouders eraan toe waren, zou ze een eigen badkamer krijgen. Dan hoefde ze eindelijk niet meer iedere ochtend op Mike te wachten, alleen maar omdat die toevallig makkelijker uit bed kon komen dan zij.

De nieuwe school was gelukkig erg meegevallen. Hun klasgenoten hadden Laura en Mike meteen in hun kringetje opgenomen.

Het was nu middagpauze en Laura en Mike stonden met een groepje op het schoolplein.

Chris, een jongen uit Laura's klas, vroeg of hun huis al helemaal was ingericht.

Laura knikte. „We schieten op."

„In welke straat wonen jullie ook alweer?"

„De Beech Street," zei Laura.

„In de Beech Street?" herhaalde Angela, een meisje met donker haar, geschrokken. „Getver! Daar zou ik niet willen wonen, hoor!"

Verbaasd keek Laura haar aan. „Waarom niet?"

„Ach, Angela overdrijft." Chris wierp Angela een verwijtende blik toe.

Laura keek van de een naar de ander. „Ja, nou wil ik weten wat er aan de hand is. Jullie zijn erover begonnen, dan moet je het verhaal afmaken ook."

Chris zuchtte. „Ach joh, het stelt echt niks voor. Waarschijnlijk is het niet eens waar. Maar ze zeggen dat er in de Beech Street een huis staat waar een vloek op rust."

„Hè?" Laura hield geschrokken haar adem in.

Mike lachte alleen maar. Het was wel duidelijk dat hij er niets van geloofde. „Vertel op," zei hij grinnikend.

„Als je de verhalen mag geloven," begon Chris, „woonden daar meer dan honderd jaar geleden twee broers met hun oude moeder. Toen de moeder ziek werd en op sterven lag, kregen de broers ruzie over de erfenis. Ze wilden beiden het huis hebben, maar ze waren niet van plan om het met de ander te delen. Op de dag dat hun moeder stierf, heeft de jongste broer de oudste vermoord. En daar moest hij flink voor boeten, want vanaf die dag viel de geest van zijn broer hem lastig. Als hij lag te slapen, sloeg de deur opeens hard dicht zodat hij wakker werd, of hij hoorde voetstappen vlak boven zijn hoofd. Traptreden zakten plotseling door als hij erop stond, stoelen schoven naar achteren als hij wilde gaan zitten, en ga zo maar door. Ten slotte werd hij wekenlang door niemand gezien. Toen ze poolshoogte gingen nemen in het huis, vonden ze zijn lichaam op zolder. Hij had zichzelf opgehangen. Tenminste, dat is de officiële lezing. Maar ze zeggen dat zijn broer het heeft gedaan..."

Laura slikte. „Welk huis is dat?"

„Het huis aan het eind van de straat," wist Chris te vertellen.

Met grote ogen keek Laura haar broer aan. Zij woonden in het huis aan het eind van de straat!

Mike grijnsde. „Ach, dat zijn oude verhalen. Waarschijnlijk is er geen barst van waar."

Chris knikte. „Je hebt gelijk. Iedereen weet hoe het gaat als dingen vaak worden doorverteld. Elke keer verzint iemand er wel een stukje bij. Je moet het niet zomaar geloven."

„Ja maar..." begon Angela weer. Ze hield haar mond toen Chris haar een waarschuwende blik toewierp.

„Wat wilde je zeggen?" vroeg Laura.

„O, niks."

„Ja, je wilde wél iets zeggen," hield Laura vol. „Ging het ook over het huis?"

Angela haalde haar schouders op. Ten slotte knikte ze.

„Wat dan?"

„Het verhaal eindigt niet met de dood van de jongste

broer. Het wordt eigenlijk nog gekker, want men zegt dat het huis sindsdien nooit meer iemand heeft getolereerd. Er mag gewoon niemand in wonen. Eens in de zoveel tijd zijn er weer mensen die het proberen, en soms houden ze het ook wel een poosje vol. Maar uiteindelijk slaan ze op de vlucht voor alle griezelige dingen die er gebeuren, of ze worden dood gevonden. Een jaar geleden is er nog iemand van het balkon gevallen. Hij brak zijn nek..."

Laura huiverde.

De zoemer ging en iedereen slenterde weer naar binnen. Laura ging naast Angela lopen. „Weet jij precies welk huis aan de Beech Street het is?" vroeg ze.

Angela knikte ernstig.

„Is het aan de linker- of de rechterkant?"

„Even denken," zei Angela peinzend. „Eh... aan de linkerkant. Ja, ik weet het zeker."

Laura knikte opgelucht. Chris en Angela bedoelden het huis dat bij hen aan de overkant lag. Laura kon zich best voorstellen dat er iets mis was met dat huis. Het zag er nogal vervallen uit. De tuin stond vol onkruid, een paar luiken hingen scheef in hun hengsels en een klein raampje aan de voorkant van het huis was gebroken.

Na schooltijd liep Laura met haar broer naar huis. „Geloof jij die verhalen over het huis tegenover ons?" wilde ze weten.

Mike schudde zijn hoofd. „Wat een onzin, natuurlijk niet. Het spookt nergens. Niet in dat huis, niet in onze straat, helemaal nergens."

Laura voelde zich een stuk geruster. Mike was altijd zo lekker nuchter, dacht ze. Hij had natuurlijk gelijk, spoken bestonden niet. Waarschijnlijk hadden Chris en Angela gewoon geprobeerd om hen de stuipen op het lijf te jagen.

Toen ze aan kwamen lopen, was Laura's moeder wat nieuwe planten in de tuin aan het zetten. Hun huis zag er meteen een stuk gezelliger uit zo, vond Laura.

Ze keek naar het huis aan de overkant. Haar blik dwaalde langs de muur naar boven, naar de kozijnen, waar de verf vrijwel helemaal van af was gebladderd.

Opeens zag ze iets bewegen. Daar, achter dat kleine raam! Net alsof er iemand de gordijnen opzij had gehouden om haar te bekijken en ze nu weer losliet.

Laura slaakte een kreet.

„Wat heb jij nou weer?" vroeg Mike.

Laura slikte moeizaam, terwijl ze onafgebroken naar het kleine raam bleef staren.

„Mike," fluisterde ze. „Ik... ik geloof dat ik net iets of iemand zag. Daarboven, voor het raam."

Haar broer keek naar het raam, waar nu niets meer te zien was en schudde zijn hoofd. „Je moet je niet bang laten maken door die lui op school. Er is heus niets aan de hand."

„Hallo, jongens!" riep hun moeder vanuit de tuin. „Fijn dat jullie er zijn. Ik heb een klusje voor jullie." Ze legde haar schop neer en kwam naar hen toe lopen.

„Nee, hè!" reageerde Mike. „Ik heb een hoop huiswerk en vanavond wil ik weg. Kan Laura het niet doen?"

„Nee, het is iets wat jullie samen moeten doen," legde mevrouw Peters uit. „Ik heb beloofd dat jullie een paar dagen op het huis van die aardige oude mensen tegenover ons zullen passen."

Laura zette grote ogen op. „Woont daar dan iemand?"

„Ja. Meneer en mevrouw Hodge," antwoordde hun moeder. „Ze hebben dat huis nog niet zo lang geleden gekocht, om hier lekker van hun pensioen te genieten. Ik heb ze vanmorgen voor het eerst ontmoet. Ze wilden juist vertrekken voor een lang weekend aan zee. Ik heb beloofd dat jullie 's morgens en 's avonds even naar hun huis gaan om een paar dingetjes te doen."

„'s Avonds ook?" riep Laura uit. „Moet dat?" Ze kreeg al kippenvel als ze eraan dacht. Mooi dat ze dat griezelige huis niet inging!

Haar moeder lachte. „Het lijkt wel of je bang bent. De Hodges zijn zondagavond alweer thuis, hoor. Jullie hoeven alleen maar even te controleren of alles nog in orde is, en de gordijnen open en dicht te doen. Verder niet."

Mike zuchtte overdreven. „Nou, bedankt, mam. Daar zat ik net op te wachten, zo in mijn weekend. Ik wilde op stap gaan met wat nieuwe vrienden. Vanavond kan ik in elk geval niet."

„Hè Mike, doe niet zo moeilijk! Het kost je nauwelijks tijd en ik heb het die mensen al beloofd," hield zijn moeder aan. „Ik zal er vanavond wel heen gaan, maar dan doen jullie het de rest van het weekend, oké?"

Mike haalde zijn schouders op. „Nou ja, goed dan."

„Het is maar wat je goed noemt," mompelde Laura.

Haar blik dwaalde weer naar het raam boven in het huis van de Hodges.

De volgende morgen liepen Mike en Laura al vroeg naar het huis aan de overkant. Laura had nog steeds weinig zin om het huis van hun overburen binnen te gaan, maar na een nachtje slapen vond ze het toch niet meer zo'n eng idee als de vorige dag. Mike had gelijk, ze liet zich veel te makkelijk bang maken.

Laura haalde de post en de krant uit de brievenbus die bij de weg stond en volgde haar broer naar de veranda aan de voorkant van het huis.

De oude planken kraakten toen ze erop stapten.

Het is te hopen dat we er niet door zakken, dacht Laura.

Mike stak de sleutel in het slot van de voordeur en draaide hem van het nachtslot. Toen hij de zware, houten deur openduwde, piepten de verroeste scharnieren luid.

Het was stil binnen. Net alsof het huis zijn adem in- hield. Laura kon het gezoem van de koelkast vanuit de keuken horen.

Mike stapte de hal in, die behoorlijk groot en hoog was. Het geluid van zijn voetstappen klonk hol in de stille ruimte.

Laura liep zo dicht achter haar broer aan, dat ze hem op zijn hakken trapte.

„Kijk effe uit waar je loopt," snauwde Mike.

„Wat een afschuwelijke lucht hangt er hier!" siste Laura. Ze kneep snel haar neus dicht. „Getver. Rotte eieren of zo."

Mike snoof nadrukkelijk. „Mmm... ja, nou je het zegt."
Hij hoestte. „Walgelijk."

Mike liep de keuken in, gevolgd door Laura. Hier was de lucht nog veel sterker.

„Volgens mij ligt er hier iets flink te bederven," zei Laura, terwijl ze schichtig rondkeek.

„Hé, moet je eens kijken!" riep Mike plotseling. „Ze hebben zo'n ouderwetse etenslift. Je weet wel, zo'n ding waarmee je een hele maaltijd naar boven kunt transporteren. Cool!" Hij stak zijn hand uit naar het deurtje van de etenslift.

„Niet doen!" riep Laura huiverig. „Laten we gewoon vlug even de gordijnen opendoen, dan kunnen we weer weg."

Mike luisterde niet en trok het deurtje van de etenslift half open.

„Jesses, wat een lucht!" Laura deinsde achteruit. „Het ruikt naar iets... doods."

Mike pakte een handdoek die naast het aanrecht aan een haakje hing en hield die voor zijn neus. Hij stak zijn vrije hand in het liftje en trok langzaam iets naar zich toe.

Huiverend stapte Laura nog verder achteruit. Ze probeerde de stank niet in te ademen. „W...wat is het?"

Mike haalde zijn schouders op. „Zo te zien gewoon een schaal met bedorven eten," mompelde hij. „Doe de afvalemmer eens open, dan mik ik het weg."

Met ingehouden adem deed Laura wat Mike haar vroeg.

Mike hield de schaal boven de afvalbak en draaide hem

om. Een glibberige, groene massa belandde met een zompige smak in de bak.

Zo snel mogelijk sloeg Laura het deksel weer dicht en ze hapte naar lucht. „Wat denk je dat het was?" vroeg ze walgend.

„Havermout of zo." Mike wapperde met de handdoek om de bedorven lucht weg te krijgen. „Volgens mij heeft die schaal daar al tijden gestaan. Zouden die oudjes dement zijn?"

Laura haalde haar schouders op. „Geen idee. Ik vind het sowieso onvoorstelbaar dat er hier mensen wonen. Alles is kapot en oud en vies. Maar misschien gaan ze het nog opknappen."

Mike zette de lege schaal in de gootsteen en draaide aan de kraan om er wat water in te laten lopen.

Er klonk een luid gesputter en na een poosje kwam er wat vies, bruin water uit. Mike liet de kraan even lopen tot het water helder zag en vulde toen de schaal. Daarna liep hij weer naar de etenslift.

„Zou dat ding nog wel werken?" Hij trok aan een touw. De lift verdween naar boven. „Hé, te gek, hij doet het."

„Ik vraag me af waar hij naartoe gaat," merkte Laura op.

„Misschien wel tot aan de zolder," dacht Mike. „Hé, als jij erin gaat zitten, trek ik je omhoog!"

„Echt niet! Je denkt toch niet dat ik maf ben." Voor de zekerheid liep Laura achteruit naar de deur. „Straks komt die lift ergens halverwege vast te zitten."

Ze slikte. Onwillekeurig moest ze weer denken aan het

gevoel dat haar gisteren had bekropen toen ze naar het huis keek. Alsof iemand haar bespiedde... „Kom op," drong ze aan. „Dan gaan we."

Met een klap sloot Mike het deurtje van de etenslift. „Wacht even. We moeten eerst nog de gordijnen in de woonkamer opendoen."

Laura liep achter haar broer aan naar de donkere woonkamer.

Ook hier was alles oud en versleten. Het rook muf, alsof er al in geen tijden meer iemand binnen was geweest.

Mike liep naar de gordijnen en deed ze open.

Op dat moment hoorde Laura iets boven hun hoofd. Geschrokken greep ze Mikes arm en ze hield haar vinger voor haar mond.

Met een vragende uitdrukking op zijn gezicht bleef Mike staan.

Weer hoorde Laura het geluid. Het was een soort bons.

„Hoor je dat?" fluisterde ze. Het hart klopte in haar keel.

Er klonk nog een bons, gevolgd door een luid gekraak.

„Er is ie...iets boven!" Laura keek Mike angstig aan. Voor het eerst was haar broer nu ook bang, zag ze.

Plotseling vlogen ze allebei tegelijk de woonkamer uit, en een paar seconden later stonden ze buiten.

Mike trok de zware voordeur met een klap achter zich dicht.

Ze renden naar de overkant en ploften buiten adem neer op de stoep voor hun eigen huis. Allebei staarden ze naar het huis van de Hodges.

Laura merkte dat ze beefde. „Wat was dat nou voor geluid daarboven? Wat denk je dat het geweest is? Moeten we het aan pap en mam vertellen?"

Mike schudde zijn hoofd. „Weet je, volgens mij stellen we ons aan," mompelde hij. „We lijken wel gek om zo weg te rennen. Misschien was het gewoon een klapperend raam, of waren het wat planken die kraakten. In zulke oude huizen hoor je altijd vreemde geluiden."

Laura knikte. Dat laatste was wel waar. Sinds ze in dit huis woonden, werd ze ook vaak 's nachts wakker van geluiden die ze niet kon thuisbrengen.

Mike stond op en deed de deur open. „Pap en mam lachen ons vast uit als we het vertellen. Laten we maar niets zeggen. Het stelde toch niks voor."

„Oké," knikte Laura, terwijl ze haar broer naar binnen volgde.

Er hingen donkere, dreigende wolken in de lucht en het leek wel of ze zich precies boven het huis van de Hodges samenpakten.

Voor de tweede keer die dag liepen Laura en Mike naar het huis aan de overkant, ditmaal door de stromende regen.

„Loop niet zo te treuzelen," riep Mike. „Ik heb geen zin om drijfnat te worden door dat geteut van jou."

Opeens stond de hele omgeving even in een fel licht en meteen klonk er een knetterende donderslag.

Laura boog haar hoofd en rende achter haar broer aan.

Haastig maakte Mike de voordeur open.

„Het is hier stikdonker," zei Laura toen ze achter haar broer in de hal stond. „Ik zie geen barst."

„Waar zit die stomme lichtknop nou?!" siste Mike.

Laura hoorde hoe hij zijn handen over de muur liet glijden. Ze schrok op van een luide donderklap.

Even later klonk er een droge klik en de ganglamp flitste aan. Laura haalde opgelucht adem.

„Doe jij de gordijnen dicht," commandeerde Mike, „dan kijk ik even in de keuken."

Laura wilde protesteren, maar Mike was al verdwenen. Aarzelend deed ze de deur naar de woonkamer open. Ze wilde al met haar trillende hand langs de muur voelen, op zoek naar de lichtschakelaar, toen ze opeens verstijfde.

De schemerlamp in de hoek brandde!

Hoe kon dat nou? Geschrokken trok Laura haar hand terug.

Een paar seconden lang bleef ze doodstil staan. Ze durfde nauwelijks adem te halen. Was hier iemand? Of was de lamp die morgen ook al aan geweest?

Nee, ze wist zeker dat de kamer donker was toen ze weggingen. Ze wist nog precies hoe schemerig het hier was geweest omdat de gordijnen nog dicht waren.

Laura liet haar ogen ronddwalen. Die stoel, die had daar vanmorgen toch niet gestaan? Of wel?

„Mike!" riep ze schril. „Kom snel!"

„Wat is er?" Haar broer kwam zo hard aanrennen, dat hij maar net naast haar kon stoppen.

„H...heb jij die lamp vanmorgen aan gedaan?" vroeg Laura met trillende stem.

Mike schudde zijn hoofd.

„Hij was aan toen ik binnenkwam..."

Boven hen klonk een bons, alsof er een deur dichtviel.

Daarna hoorden ze voetstappen...

„Wegwezen!" schreeuwde Mike. Hij greep Laura bij haar arm en sleurde haar achter zich aan naar buiten.

De regen viel nog altijd met bakken uit de hemel. Mike en Laura renden slippend en struikelend terug.

„Wat een eng geluid, hè?" vroeg Mike hijgend, toen ze veilig het afdakje bij de achterdeur van hun eigen huis hadden bereikt.

Laura knikte. „Wat was het?"

„Het klonk als voetstappen."

Rillend sloeg Laura haar armen om zich heen. „Nou, ik ben blij dat ik daar weg ben. Mam kan nog zoveel zeggen, maar ik ga daar mooi niet meer naar binnen."

„We moeten het pap en mam nu toch maar vertellen," vond Mike.

Hun vader en moeder waren in de huiskamer. Meneer Peters zat in zijn stoel en zijn vrouw was bezig een verband rond zijn arm te wikkelen.

„Wat is er met jou aan de hand?" vroeg Laura verbaasd.

Mevrouw Peters schudde haar hoofd. „De kelderdeur sloeg opeens dicht toen Dick erlangs wilde lopen. Het kwam lelijk aan."

„Och, niks aan de hand," bromde hun vader. „Gewoon een ongelukje. Dat kan gebeuren als je in zo'n oud huis aan het werk bent."

Mevrouw Peters grinnikte. „Zo is dat. Ik had vandaag

ook al zoiets. Sta ik op de keukentrap om een lamp op te hangen, begint me dat ding opeens zo te wiebelen, dat ik voor ik het wist languit op de grond lag..." Ze wreef over een flinke buil op haar hoofd. „Echt leuk, dat doe-het-zelven!"

Meneer Peters stond op en rekte zich uit. „Ik verklaar deze dag maar voor beëindigd."

„Mijn idee," zei zijn vrouw. „Kom jongens, naar boven." Ze reikte meneer Peters haar hand en als een verliefd stel liepen ze de kamer uit.

„We komen zo," riep Mike hen achterna. Hij gebaarde dat Laura hem moest volgen en liep naar de grote kamer aan de voorkant van het huis.

Met z'n tweeën staarden ze uit het raam naar het huis aan de overkant. Bliksemschichten flitsten langs de hemel. Het huis van de Hodges lichtte telkens spookachtig op.

„We hadden het pap en mam moeten vertellen," zei Laura zacht.

„Morgenvroeg, dan zeggen we het meteen," besliste Mike. Hij staarde naar buiten.

Opeens hield hij geschrokken zijn adem in. „O, nee hè!"

„Wat is er?" vroeg Laura geschrokken.

„Ik heb de sleutels daar in de keuken laten liggen... En we hebben de voordeur ook niet achter ons dichtgetrokken." Mike zuchtte diep. „Iedereen kan zo naar binnen wandelen. We moeten terug."

Laura slikte. „Wát?! Ben je gek geworden?"

„We kunnen de deur toch niet zomaar open laten staan? Straks zitten er inbrekers in dat huis! Kom op, dan doen we het meteen."

„O nee, dat durf ik niet!" fluisterde Laura bang.

„Toe nou," hield Mike vol. „Je hoeft niet mee naar binnen. Als jij gewoon bij de voordeur blijft staan, doe ik de rest. Echt waar."

Laura keek haar broer aan. Ze zag de onzekerheid in zijn ogen. „Nou... oké dan," stemde ze met tegenzin in.

In elkaar gedoken renden ze door de harde regen naar de overkant.

Huiverend bleef Laura op de veranda staan. „De deur is dicht. We kunnen niet meer naar binnen."

Mike stapte langs haar heen en duwde zachtjes tegen de deur. Piepend en krakend zwaaide die open.

Het licht in de gang was nog steeds aan.

„Oké, ik haal de sleutels," fluisterde Mike.

Laura hield de voordeur open en keek hoe haar broer snel naar de keuken sloop.

„Weet je nog waar je ze hebt neergelegd?" riep Laura zacht.

„Ja, op de tafel," antwoordde Mike over zijn schouder.

Bij een oorverdovende donderslag bleef hij als bevroren staan. De lichten in huis begonnen te flikkeren.

Laura slaakte een kreet. „Kom terug, Mike. Laat die stomme sleutels toch zitten!"

„Geen paniek," riep Mike, terwijl hij weer verderging. „Ik zie ze al liggen. Ben zo terug!"

Met ingehouden adem wachtte Laura op haar broer. Ze luisterde naar zijn zachte, gehaaste voetstappen.

„Hè?!" Laura hoorde niet alleen de zachte, sluipende

voetstappen van Mike! Er klonken ook luide, driftige voetstappen ergens anders in het huis. Zo te horen gingen ze in de richting van de keuken.

„Rennen!" hoorde ze Mike opeens met overslaande stem schreeuwen.

Een donderslag liet het hele huis trillen.

Laura zag dat Mike als een bezetene de keuken uit kwam rennen. Hij sprintte door de gang en sprong naar buiten. Met een klap trok Laura de voordeur dicht.

„Zit-ie goed dicht?" schreeuwde Mike in paniek. De regen stroomde langs zijn doodsbleke gezicht. „Hij mag niet ontsnappen!"

Terwijl Laura de knop van de deur krampachtig vast-hield, stak haar broer de sleutel in het slot en draaide die snel twee keer om.

„Wat was het? Wat was het?" gilde Laura.

Ze had het nauwelijks gezegd of er werd van binnenuit hard op de deur gebonsd.

„W...weet ik niet!" stamelde Mike. „Ik zag alleen dat er iets op me afkwam!" Hij pakte Laura's hand beet en rende samen met haar de tuin in.

Ver kwamen ze niet. Plotseling werden ze verblind door felle lichten.

„We gaan eraan!" fluisterde Laura.

Boven het gebulder van de storm uit, klonk een zware, verontwaardigde stem. „Wat is hier aan de hand? Wat waren jullie daar aan het doen?"

Laura hield een hand boven haar ogen. „W...wie bent u?" vroeg ze angstig.

„O, het zijn vast de kinderen van de buren," klonk een andere stem. „Sorry, we wilden jullie niet aan het schrikken maken."

Mike en Laura stapten uit het licht van de koplampen van de pick-up en zagen de twee oude mensen die op hen af kwamen lopen.

„We zijn jullie overburen. We zijn eerder teruggekomen, omdat het vanmiddag aan de kust al heel slecht weer was en dat zou het morgen ook nog zijn," legde meneer Hodge uit. Hij liep langs Laura en Mike heen en haalde een sleutel te voorschijn om de voordeur open te doen.

„Niet naar binnen gaan!" schreeuwde Laura. „Er is iets vreselijks daarbinnen. Het had ons bijna te pakken!"

Mevrouw Hodge keek haar verbaasd aan. „Wat zeg je, kind?"

„Niet o..." Als verstijfd staarde Laura naar de knop van de voordeur, die langzaam naar beneden ging.

De deur ging open en op de drempel verscheen een lange, bleke gestalte met donker haar.

Sprakeloos staarden Laura en Mike de gedaante aan.

„Alfred!" riep mevrouw Hodge verheugd. Ze stapte naar voren en sloeg haar armen om de jonge man heen. „Ben je er al? Ik had je pas volgende week verwacht!"

„Kent u die gee... persoon?" stamelde Mike.

Meneer Hodge keek hem verbaasd aan. „Wie? Mijn zoon?"

De man in de deuropening glimlachte. „Sorry mensen, dat ik zo onverwachts binnen kwam vallen, maar de klus was plotseling eerder klaar, daarom ben ik gisteravond al thuisgekomen." Hij keek naar Laura en Mike. „Wie zijn dat?"

Mevrouw Hodge glimlachte. „Dat zijn onze nieuwe overburen. Ze hebben beloofd om op het huis te passen terwijl wij weg waren."

„Aha," mompelde Alfred. „Ik dacht steeds al dat ik iets hoorde, maar als ik ging kijken, zag ik niemand."

„Dus dat waren uw voetstappen!" begreep Laura. „En u had het licht aangedaan?"

Alfred knikte. „Ik begon me al af te vragen of er een geest door ons huis dwaalde," zei hij.

„Nou, wij ook," gaf Mike toe, waarna ze allemaal moesten lachen.

Die maandag op school, vertelden Laura en Mike hun avontuur aan Chris en Angela.

„Er is dus toch níét iets vreemds aan de hand in dat huis," besloot Laura haar verhaal. „Stom, hè. We hebben ons op stang laten jagen door de zoon van de Hodges."

Angela keek haar verbaasd aan. „Natuurlijk spookt het niet bij de Hodges," zei ze. „Dat weet iedereen. Hun huis is ook niet het huis dat we bedoelden. Dat ligt er tegenover. Je weet wel, dat grote huis aan de linkerkant."

„Nee, dat is niet waar!" protesteerde Chris. „Het is het huis aan de rechterkant."

„Hè? Het huis aan de rechterkant?" bracht Laura uit. Ze werd bleek.

„Ja," knikte Chris. „Het huis met die kromme schoorsteen." Hij keek Angela hoofdschuddend aan. „Je moet toch eerst weten van welke kant je komt?"

Angela dacht even na en grinnikte toen. „Eh... Ja, wacht, je hebt gelijk. Als je het hiervandaan bekijkt, is het inderdaad het huis aan de rechterkant. Dat is het huis waar al die griezelige dingen gebeuren."

Chris knikte. Hij stompte Mike vriendelijk op zijn schouder. „Wees maar blij dat je dáár niet naar binnen hoefde!"

DE GITAAR

„Loop toch niet zo te treuzelen, vreselijke luilak," mopper-
de Beth tegen Jeffrey. Ze waren naar het postkantoor geweest om een pakje af te halen voor Jeffrey's moeder. Het
was iets na vijven en de straatlantaarns gingen net aan.
Beth keek bezorgd naar de lucht, waar donkere wolken
zich samenpakten. „Het kan elk moment gaan regenen.
Schiet nou toch eens op." Ze rilde. „Bovendien vind ik het
eng hier, jij niet?"
Jeffrey haalde zijn schouders op. „Gaat wel." Hij keek
om zich heen.
Op Jeffrey en Beth na, was de straat verlaten.
Ze liepen door de oudste wijk van de stad. Toen een
paar jaar geleden het nieuwe winkelcentrum was opengе-
gaan, had dat het einde betekend van een aantal winkels
in deze buurt. De meeste gebouwen werden nu gebruikt
als opslagplaats en zagen er verwaarloosd uit.
Een eindje verderop stak een magere, oude kat de straat
over. Het dier verdween in een donker steegje.
Beth liep een stukje voor Jeffrey uit. Ze wilde net een
hoek omgaan, toen Jeffrey haar riep. „Hé, moet je hier
eens kijken!"
Hij stond voor een winkel die kennelijk kortgeleden
was afgebrand. Een dikke laag roet bedekte de muren en
in de winkel lagen plassen water op de grond. Waarschijnlijk bluswater, dacht Jeffrey. Op het zwartgeblakerde uit-
hangbord van de winkel was de naam nog net te lezen:

HARRY'S MUSIC SHOP.

Door het raamloze venster zag Jeffrey een drumstel staan en twee elektrische gitaren. Of wat ervan over was, want de instrumenten waren gedeeltelijk gesmolten.

Plotseling schoot er een bliksemschicht door de lucht. De winkel lichtte heel even op, en in die flits kon Jeffrey duidelijk zien hoeveel schade de brand had aangericht.

Alle instrumenten, de muziekboeken, de kasten en de toonbank, alles was verbrand.

„Kom nou." Beth kwam teruglopen en trok hem aan zijn mouw. „Ik wil naar huis. Ik háát onweer."

„Oké, oké," mompelde Jeffrey afwezig. „Zo meteen. Eerst even binnen kijken."

„Nee joh, niet doen, idioot!" riep Beth geschrokken. „Straks komt het plafond naar beneden en dan lig je onder het puin."

„Dat zal wel meevallen," meende Jeffrey luchthartig. Hij duwde tegen de winkeldeur, die half uit zijn sponningen hing.

Krakend ging de deur open en Jeffrey stapte behoedzaam de winkel in.

Beth aarzelde even, maar volgde hem uiteindelijk toch naar binnen.

In de winkel drong maar weinig licht van de straatlantaarns door. Ergens achter in de ruimte klonk het gedruppel van water.

Jeffrey rilde. Er hing een roetachtige nevel die in zijn ogen prikte. Hij knipperde een paar keer en tuurde vervolgens aandachtig in het rond.

Het vuur had alles vernietigd. Alles.

In een hoek van de zaak stond een keyboard, midden in een plas water. De witte toetsen waren zwart. Verkoolde, gebroken violen en blokfluiten lagen kriskras door de winkel, half verteerd door het vuur. Alles was bedekt met een laagje as.

Jeffrey luisterde gespannen naar het druppelende water en naar het gekraak van hout. Het hele gebouw leek te steunen en te kreunen.

„Ik krijg zowat geen lucht," zei Beth benauwd. „En ik vind het hier eng. Kom, dan gaan we weer naar buiten."

„Nog even rondkijken." Jeffrey liep naar de plek waar hij een paar gitaren zag liggen. De halzen waren kromgetrokken en verschrompeld door het vuur.

„Ik zou nog een gitaar krijgen van mijn vader," merkte Jeffrey op, „maar déze hoef ik in ieder geval niet."

„We gaan weg. NU!" herhaalde Beth nadrukkelijk. „Het is hartstikke gevaarlijk om hier te blijven. Snap dat dan!"

Jeffrey deed of hij het niet hoorde. „Hé, moet je daar eens kijken." Hij wees naar een smalle, hoge vitrinekast achter in de winkel.

„Je bekijkt het maar. Ik ga!" riep Beth kwaad.

Jeffrey liep naar de kast toe. Het glas was gesprongen, maar op een standaard in het midden stond een oude, houten gitaar die er nog heel behoorlijk uitzag. Er lag alleen een laagje roet en as op. Voorzichtig pakte Jeffrey de gitaar van de standaard. Met de mouw van zijn T-shirt veegde hij het roet eraf. Daarna bekeek hij hem van alle kanten.

„Moet je zien," zei hij ademloos. „De snaren zijn niet eens geknapt."

Met zijn duim sloeg hij zachtjes de snaren aan. Het geluid van de gitaar klonk fantastisch: vol en melodieus. Langzaam stierf de klank weg in de schemerige winkel.

„Te gek," fluisterde Jeffrey. „Het lijkt wel of dit het enige instrument is dat de brand overleefd heeft."

„Jeffrey! Kom mee," riep Beth ongeduldig. Ze stond al bij de deur.

„Oké." Jeffrey bleef dromerig naar de gitaar staren. „Weet je, ik denk dat ik deze maar meeneem."

„Dat kun je niet maken, joh." Beth draaide zich met een ruk om. „Dat is stelen!"

„Pfff, alsof ze hem zullen missen," verweerde Jeffrey zich. „Dat ding heeft natuurlijk waterschade, dus ze gooien hem toch weg."

„Maakt niet uit. Het blijft diefstal," hield Beth vol. „Trouwens, waarom wil je hem eigenlijk meenemen? Die gitaar is hartstikke vies."

„Nou, dan maak ik hem toch schoon?" vond Jeffrey. „Zo'n kans krijg ik nooit meer. En dan hoef ik ook niet te wachten tot mijn vader eindelijk eens een gitaar voor me koopt. Waarom doe je nou zo moeilijk?"

Beth schudde haar hoofd. „Jij wilt ook altijd alles makkelijk voor elkaar krijgen, hè?" zei ze zuchtend. „Als je die gitaar pikt, krijg je problemen. Wacht maar af."

Thuis ging Jeffrey eerst naar de schuur om de gitaar goed schoon te maken. Zo kon hij het ding niet meenemen naar zijn kamer. Het kostte nogal wat moeite, maar uiteindelijk zag de gitaar er weer prima uit. Hij was nergens zwartgeblakerd of verbrand.

Daarna wilde hij direct doorlopen naar boven om de gitaar veilig op zijn slaapkamer te zetten, voordat zijn ouders hem zouden zien.

„Hoe kom jij aan die gitaar?" klonk opeens een stem van boven.

Jeffrey bleef midden op de trap staan en keek met een ruk omhoog.

Het was zijn vader, die net op weg was naar beneden.

„Eh... eh... die heb ik geleend van een vriend van me," stamelde Jeffrey.

Zijn vader kwam nog een paar treden naar beneden en pakte de gitaar uit Jeffrey's hand. Hij bekeek het instrument aandachtig en gaf hem toen weer terug. „Mooi ding. Aardig, dat je die zomaar mag lenen." Hij klopte Jeffrey op zijn schouder. „Da's mooi. Nu kun je kijken of het gitaarspelen je bevalt, voordat ik geld uitgeef aan zo'n duur ding."

Jeffrey knikte opgelucht en maakte dat hij naar zijn slaapkamer kwam. Daar ging hij met de gitaar op de rand van zijn bed zitten. Hij plaatste het instrument op zijn knie en liet zijn linkerhand over de hals glijden. Hij voelde de krassen die in het hout zaten, maar toen hij met de vingers van zijn rechterhand de snaren aansloeg, klonk weer dat prachtige, warme geluid dat hij ook al in de winkel had gehoord.

Tevreden stond hij op en zette de gitaar in een hoek van

zijn kamer neer.

„Jeffrey, eten!" riep zijn moeder van beneden.

Jeffrey wierp nog een blik op zijn gitaar en haastte zich de kamer uit.

Toen Jeffrey die avond in bed lag, gleden zijn ogen steeds weer naar de nog vaag zichtbare contouren van de gitaar die in de hoek stond. Hij had er nog even op zitten pingelen voor hij naar bed ging, en het klonk best aardig, vond hij zelf. Het was echt ongelooflijk dat het instrument de brand zo goed doorstaan had. Waarom zou de gitaar in een vitrinekast gestaan hebben? Zou het soms een bijzonder instrument zijn? Of was hij misschien gewoon heel duur?

Jeffrey had er nog steeds geen spijt van dat hij de gitaar had meegenomen, maar hij had er wel een onbehaaglijk gevoel over. Ergens had Beth gelijk dat het diefstal was. Stel je voor dat iemand het instrument ooit zou herkennen. Hij nam zich voor om de gitaar altijd thuis te laten, waar niemand hem kon zien. Over een paar weken zou hij dan wel aan zijn ouders vertellen dat hij de gitaar voor weinig geld van zijn vriend had kunnen overnemen.

Jeffrey kwam overeind en schudde zijn kussen op. Het was donker en stil in huis. Zijn ouders waren ook naar bed en sliepen waarschijnlijk allang, maar Jeffrey was nog klaarwakker.

Hij ging weer liggen en trok zijn dekbed omhoog tot aan zijn kin. Langzaam begon hij weg te doezelen, maar ineens schrok hij wakker. Hij hoorde iets. Muziek!

„Hè?" Jeffrey schoot overeind. Hij wreef zijn ogen uit en luisterde ingespannen.

Ja, daar was het weer. Gitaarmuziek.

Waar kwam dat nou vandaan? Had hij zijn raam open laten staan? Jeffrey tuurde in het donker om zich heen. De muziek leek uit een hoek van zijn kamer te komen. Jeffrey voelde dat zijn hart sneller begon te kloppen.

Met ingehouden adem sloeg hij zijn dekbed opzij en stapte zo stil mogelijk uit bed. Hij sloop door zijn kamer in de richting van het geluid, maar opeens bleef hij staan.

Daar, in de hoek, zat een man op een krukje. Hij speelde op de oude, houten gitaar.

Met grote ogen staarde Jeffrey hem aan. Hoe kwam die vent in hun huis verzeild? En waarom ging hij zomaar gitaar zitten spelen? Hier was iets heel vreemds aan de hand. Jeffrey voelde dat hij overal kippenvel kreeg.

De man droeg een versleten, blauwe sweater en een vale spijkerbroek. Zijn donkerbruine gezicht was doorgroefd met rimpels en zijn haar was bijna helemaal grijs.

Jeffrey's hart bonsde en het duurde even voor het tot hem doordrong dat de man een prachtige, hypnotiserende melodie speelde.

En hij speelde maar door. Het leek alsof hij Jeffrey niet eens zag staan.

„Hoe... hoe bent u binnengekomen?" wist Jeffrey eindelijk uit te brengen, toen de muziek even zachter werd. „Wat doet u hier?"

De man bleef doorspelen, maar hij keek Jeffrey nu recht aan. „Jij hebt mijn gitaar meegenomen," antwoordde hij zacht, bijna fluisterend.

Jeffrey begon te beven. „I...is dat uw gitaar? H...het spijt me. Ik wist niet dat hij van u was. U mag hem weer terug hebben."

„Dat zal niet gaan." De man schudde treurig zijn hoofd.

„Waarom niet?" Jeffrey voelde dat zijn keel dichtzat. Hoe was het mogelijk dat de eigenaar van de gitaar hem zo snel gevonden had?

„Omdat ik dood ben..."

Jeffrey hapte naar adem. Wat?! Die vent was hartstikke gek! Daar was hij mooi klaar mee, een of andere ouwe mafkees in zijn slaapkamer.

Jeffrey schraapte zijn keel. „Als u niet weggaat, roep ik mijn vader. Hij zal u..."

„Waarschijnlijk heb je nog nooit van me gehoord," vervolgde de oude man alsof Jeffrey niets gezegd had. Hij sprak langzaam, bijna dromerig. „Ik ben Guitar Willy. En dit is Gertie, mijn gitaar. Gertie en ik hebben heel wat rondgezworven en samen veel muziek gemaakt."

Intussen bleef Willy spelen. Hij wiegde zachtjes mee op de maat van de muziek en tikte met zijn linkervoet het ritme op de vloer.

„Ik kan niet stoppen met spelen, weet je," zei hij met zijn donkere stem. „Gertie en ik zijn zo lang bij elkaar geweest. Zelfs nu ik dood ben, móét ik blijven spelen. Ik hou zoveel van die muziek. Ik kán er gewoon niet mee stoppen, nooit meer."

Jeffrey schudde zijn hoofd. Dit gebeurde niet echt. Zou hier nou werkelijk een dode muzikant in zijn slaapkamer gitaar zitten spelen? Dat kon toch niet.

Maar hij moest toegeven dat de man geweldig kon spelen. Zo goed had hij het zelden gehoord.

„Het eh... het klinkt hartstikke tof," zei Jeffrey aarzelend. „Ik wou dat ik zo kon spelen. Maar nu moet u weggaan. Ik wil niet dat mijn ouders wakker worden. Komt u maar mee, dan laat ik u uit door de achterdeur."

Willy schudde zijn hoofd. „Ik heb geen deur nodig. Sinds ik dood ben, kom ik er zonder deuren ook wel uit. Of erin trouwens... Maar wat hoor ik? Zei je dat je zelf wel zou willen spelen?" Hij knikte naar de gitaar. „Probeer maar eens wat."

„Ik kan er niks van," protesteerde Jeffrey. „Een beetje pingelen, verder kom ik niet. Bovendien, het is midden in de nacht. U moet nu echt gaan. Ik meen het."

Willy knikte hem toe. „Je hoeft niet bang te zijn. Ik vertel je wel wat je moet doen."

Jeffrey twijfelde. De hele situatie was zo onwerkelijk, dat hij iets had van: waarom ook niet. Het was overduidelijk dat de man verstand had van gitaar spelen. Wat kon het dan voor kwaad om een korte les van hem te nemen?

„Oké." Jeffrey knikte. „Ik wil het wel proberen."

Willy grijnsde breed. Voor Jeffrey het goed en wel in de gaten had, zat hij op de rand van het bed, met de gitaar in zijn handen.

Willy boog zich over hem heen en raakte licht zijn vingers aan. „Zet je vingers daar neer, ja... zo is het goed." Jeffrey zette de vingers van zijn linkerhand op de vakjes op de hals van de gitaar.

„Nu moet je je rechterhand zo houden," gebaarde Willy, „dan kun je de snaren het beste raken."

Jeffrey deed precies wat hem gezegd was. Tot zijn verbazing kostte het helemaal geen moeite. Het was of zijn handen zich aanpasten aan de gitaar. Toen hij een paar noten aansloeg, klonk het tot zijn stomme verbazing helemaal niet slecht.

„Hé, hoe doet u dat?" bracht Jeffrey uit. „Laat u mijn vingers bewegen of zo?"

„Ja, het gaat goed, hè?" grinnikte Willy. „Als je wilt, maak ik van jou de beste gitarist ter wereld!"

Jeffrey ging enthousiast door met spelen. Zijn linkerhand vloog langs de hals van de gitaar en de muziek golfde door zijn kamer. Hij speelde hartstikke goed, en dat zonder ooit les te hebben gehad. Cool!

„Het klinkt geweldig, joh," moedigde Willy hem aan. „We zouden partners moeten worden. Wil je dat? Wil je zo blijven spelen? Dan help ik je wel!"

„Speel ik dan altijd zoals nu?" vroeg Jeffrey gretig.

Willy knikte. „Altijd," beloofde hij.

Daar hoefde Jeffrey niet over na te denken. Zijn ouders zouden stomverbaasd zijn als ze hem zo hoorden spelen. En wat zou Beth opkijken! Het was maar goed dat hij niet naar haar had geluisterd en de gitaar toch had meegenomen.

„Nou, dat wil ik wel!" Jeffrey's vingers flitsten over de hals van de gitaar en de muziek vulde zijn kamer.

„Oké, dat is dan afgesproken, partner," lachte Willy.

Opgewonden wilde Jeffrey hem bedanken, maar ineens

begon de oude man te vervagen. Jeffrey staarde er verrast naar, terwijl zijn vingers automatisch doorgingen met spelen. Hij kon niet geloven wat hij zag.

„Ben je er nog, Willy?" vroeg hij verbaasd. „Waar zit je?"

Er kwam geen antwoord.

Jeffrey speelde door. Zijn vingers bewogen nu nog sneller, maar na een poosje begon hij moe te worden. Laat ik maar eens stoppen, dacht hij. Hij wilde zijn vingers van de gitaar halen, maar ze bleven vreemd genoeg bewegen.

„Eh... Willy? Ik wil nu weer gaan slapen. Willy... ben je daar?"

Geen antwoord.

Opnieuw deed Jeffrey een poging om te stoppen met spelen. Hij concentreerde zich op het wegleggen van de gitaar, maar dat lukte niet. Door een of andere duistere kracht bleef de gitaar waar hij was en Jeffrey's vingers bleven spelen.

Jeffrey begon in paniek te raken. Wat was dit voor raars? Was hij niet meer de baas over zijn eigen lichaam?

„Hé Willy, wat is dit?" riep hij met trillende stem. „Ik wil stoppen! Willy?"

Jeffrey probeerde of hij kon opstaan. Dat lukte. Hij kon ook gewoon zijn hoofd bewegen en met zijn ogen knipperen als hij dat wilde. Alleen zijn handen gehoorzaamden hem niet meer.

Maar dat kon niet! Hij verbeeldde zich maar iets. Natuurlijk kon hij zijn handen iets laten doen als híj dat wilde. Het waren toch zeker zíjn handen?

Met een wild gebaar probeerde hij het muziekinstrument op zijn bed te gooien. Maar zijn armen werkten niet mee. De gitaar bleef waar hij was en zijn handen gingen door met spelen.

Het koude zweet brak Jeffrey uit. Ontmoedigd liet hij zich weer op de rand van het bed zakken. En intussen bleef hij maar doorspelen, hoe hij ook probeerde zijn vingers van de gitaar te halen.

Hij haalde diep adem en probeerde met al zijn kracht de gitaar op de grond te smijten.

Het lukte niet.

Jeffrey probeerde het nog eens en nog eens, maar het leek wel of zijn vingers alleen nog maar fanatieker over de snaren gleden. Ze speelden melodie na melodie...

Jeffrey's vingertoppen begonnen zeer te doen. Ze brandden en prikten.

„Willy, waar ben je?" riep hij wanhopig. „Je moet me helpen!"

Geen antwoord.

Jeffrey bleef doorspelen.

„Toe nou, Willy," smeekte hij. „Mijn vingers doen pijn. Ik begin blaren te krijgen. Ik wil nu echt stoppen!"

Plotseling hoorde hij Willy's stem boven de muziek uit. „Stoppen? Ik heb je toch verteld dat ik niet meer kan stoppen met spelen, ook niet nadat ik gestorven ben? Ik hou gewoon te veel van muziek. Bedankt dat je m'n partner bent geworden, Jeffrey. Nu hoef ik niet meer te stoppen met spelen, omdat ik voortaan altijd door jou zal spelen... altijd!"

„Nee nee!" schreeuwde Jeffrey. „Laat me met rust! Mijn vingers doen pijn. Laat me ermee ophouden. Help!"

„Jeffrey!"

De deur van Jeffrey's slaapkamer vloog plotseling open en het licht ging aan. Op de drempel stond zijn vader, die hem stomverbaasd aankeek.

Radeloos keek Jeffrey hem aan. „Help me, pap, alsjeblieft. Ik wil niet spelen. Ik kan niet meer!"

Zijn vader bleef nog even roerloos staan. Ineens gleed er een brede grijns over zijn gezicht. „Hoe kom je daar nou bij? Je kunt het juist heel goed! Het klinkt super, Jeffrey! Waar heb je dat geleerd? Wacht, ik ga je moeder halen. Het is echt schitterend. Blijf spelen, blijf vooral spelen!"

HET HOTEL BIJ HUNKMOUNTAIN

Jennie had nog nooit van hotel Cedar Lodge gehoord en haar ouders ook niet, totdat er op een dag plotseling een folder in de bus lag. Cedar Lodge was van oorsprong een oude herberg en stond in de folder omschreven als *Het bestbewaarde geheim van de Cedar Creek Mountains.* Jennies ouders waren meteen gevallen voor die omschrijving. Ze waren gek op vakanties in afgelegen oorden. Hoe eenzamer, hoe beter. Ze hadden geboekt voor een lang weekend in september en vandaag was het zover.

„Dus we hebben het hele hotel voor onzelf?" merkte Jennies vader enthousiast op tegen meneer Bass, de hoteleigenaar, terwijl hij de reistassen van de auto naar de ingang van het hotel sjouwde.

„Bijna alsof we familie van u zijn," lachte Jennies moeder.

Meneer Bass bromde alleen wat terug.

Jennie vond hem een nogal enge man. Hij leek op het monster van Frankenstein, maar dan zonder knoppen in zijn nek.

Tyler, de zoon van meneer Bass, hielp Jennies vader de spullen uit de auto te halen. Jennie bekeek hem eens goed en onderdrukte met moeite een grijns. Tyler leek op een goudvis. Hij had oranje haar, grijsblauwe, uitpuilende ogen en zo'n dunne huid, dat je zijn aderen erdoorheen zag.

Van mevrouw Bass had Jennie alleen nog maar een glimp opgevangen. Tyler had zijn oranje haar duidelijk van zijn moeder geërfd.

De enige in het hotel die er tot nu toe een beetje normaal uitzag, was Bravo, de golden retriever. Hij snuffelde nieuwsgierig aan Jennies hand.

„Ja, je bent braaf." Jennie aaide hem over zijn kop.

„Na augustus loopt het hier leeg," zei meneer Bass nors. Hij gaf Jennies vader de sleutels van hun twee kamers.

„Dan vinden de mensen het hier te koud worden."

Jennies vader haalde zijn schouders op. „Daar zijn wij niet bang voor, een beetje kou."

„Lekker fris juist," merkte Jennies moeder op. „Daar knap je van op."

Meneer Bass ging hen voor naar hun kamers. Ze liepen door een lange, smalle gang waar maar één armzalig peertje brandde, dat griezelige schaduwen wierp op de muren.

„Hier is het," hoorde Jennie meneer Bass zeggen.

De twee kamers lagen zo'n beetje aan het einde van de gang en grensden aan elkaar. De grootste was voor Jennies ouders, die nu achter meneer Bass aan naar binnen liepen.

Jennie ging intussen haar eigen kamer in. Nieuwsgierig keek ze om zich heen. De muren waren betimmerd met knoestig vurenhout en in het midden stond een gammel bed met een stapel ruwe wollen dekens. Op de vloer lag een oud kleed met franjes. In de verste muur, naast een aftands kastje, zag Jennie een klein, stoffig raam, met houten luiken aan weerskanten.

Ze trok een vies gezicht. Geen wonder dat er geen gasten waren. Wat was dit voor een raar hotel? In de folder hadden de kamers er veel mooier uitgezien. En waarom zaten die luiken binnen? Die dingen hoorden toch aan de buitenkant te zitten?

Aan de andere kant van het kastje was een groene deur. Jennie liep ernaartoe en duwde de deurkruk naar beneden. Knarsend en piepend ging de deur open. Ze stak haar hoofd naar buiten. Het begon al donker te worden. Het enige wat ze zag, was een veranda met een trap naar beneden en daarachter bos.

Jennie draaide zich om. Ze besloot de deur een stukje open te laten staan, want er hing een lucht in de kamer die haar deed denken aan stinkende sportsokken.

„Gooi die boel eens dicht," klonk opeens een barse stem achter haar.

Jennie schrok. Ze had helemaal niet gemerkt dat meneer Bass binnen was gekomen.

Voordat ze iets kon zeggen, duwde de hoteleigenaar Jennie opzij om bij de deur te kunnen. Hij draaide hem op slot en klapte de twee houten luiken van het raam naar elkaar toe. Daarna schoof hij zorgvuldig de grendels aan de boven- en onderkant dicht.

„Waarom doet u dat?" vroeg Jennie verbaasd.

„Ik sluit de boel af. Dat zie je toch," snauwde meneer Bass.

„Dat hoeft niet, hoor," zei Jennie beleefd. „Ik slaap graag met het raam open."

De hoteleigenaar keek haar strak aan. „Daarvoor is het hier 's nachts veel te koud. Je wilt toch geen longontsteking oplopen, wel?"

„Nee, natuurlijk niet," mompelde Jennie. Ze besloot het

er maar bij te laten zitten. Dan maar een paar nachtjes met het raam dicht slapen.

Nadat meneer Bass was vertrokken, pakte ze haar reistas uit. Eigenlijk wel een goed idee van Frankenstein om het raam dicht te doen, dacht ze. Het was ijskoud in de kamer. Rillend trok Jennie een legging aan, met daarover een extra paar sokken en haar spijkerbroek en ze viste een dikke trui uit haar tas.

Daarna keek ze nog eens de kamer rond. Geen tv. Ze zuchtte. Echt iets voor haar vader en moeder om naar een hotel te gaan zonder tv op de kamer.

Ze wilde net gaan kijken of haar ouders misschien wel een tv hadden, toen de deur openging en Jennies moeder op de drempel verscheen. Ze keek de kamer rond en knikte. „Je hebt net zo'n kamer als wij, alleen iets kleiner. Oud, maar netjes. Hier houden we het wel een weekendje uit, denk je niet?"

Jennie haalde haar schouders op. „Hebben jullie een tv?"

„Gelukkig niet," antwoordde haar moeder opgewekt. „Dit worden lekker rustige dagen met een boek en een spelletje. Het is maar goed dat we onderweg hiernaartoe hebben gegeten, want pap is bekaf. Hij ligt al in bed. Als ik jou was, dook ik er ook lekker in. Dan zijn we morgen uitgeslapen en kunnen we iets leuks gaan doen." Ze gaf Jennie een zoen. „Welterusten en tot morgen bij het ontbijt."

Nadat haar moeder was vertrokken, ging Jennie op haar bed zitten. Ze was nog helemaal niet moe! Ze bukte zich, pakte wat weekbladen uit haar reistas en begon te lezen.

Tot Jennies verbazing werd ze al snel slaperig. Ze mikte de bladen op de grond, kroop in bed en viel in een onrustige slaap.

Plotseling schrok Jennie wakker. Het bed was keihard en ze kwam overeind om haar kussen op te schudden. Op hetzelfde ogenblik hoorde ze iemand haar naam zeggen. Jennie kwam nog verder overeind en luisterde. Doodse stilte.

Ze moest het zich verbeeld hebben. Waarom zou iemand haar midden in de nacht roepen? Ze ging weer liggen en deed haar ogen dicht.

„Jen-nie..."

Jennie schoot overeind. Daar was die stem weer! Laag en dreigend.

Door de plotselinge beweging gleden de dekens half van haar af. In de ijzige duisternis voelde ze hoe er een koude rilling over haar rug liep.

De luiken voor het raam klapperden.

„Jen-nie..."

„Pap? Ben jij dat?"

Geen antwoord. Eerlijk gezegd had Jennie dat ook niet verwacht. Het was haar vader niet. De stem kwam niet uit de kamer van haar ouders, maar van buiten. Vanaf de veranda.

Jennie voelde haar hart in haar keel bonzen. Wat moest ze doen? Ze haalde diep adem, raapte al haar moed bij elkaar en stapte voorzichtig uit bed. Met knikkende knieën sloop ze naar de groene deur en drukte haar oor ertegen.

„Is daar iemand?" Haar stem klonk bibberig.

Geen antwoord.

„Hallo?" Nu durfde Jennie iets harder te praten.

Weer geen antwoord. Ze hoorde niets, geen enkel geluid.

Jennie draaide zich om en ging terug naar haar bed. Ze dook erin en trok de dekens om zich heen. Ze verwachtte ieder moment de stem opnieuw te horen. In de kamer was het aardedonker. Zou ze het licht aandoen? Nee, toch maar niet. Met bonkend hart staarde Jennie in de duisternis. Het was doodstil. Ze wachtte...

„Jennie! Jennie!"

Ze deed langzaam haar ogen open. Zonlicht sijpelde door een kier tussen de luiken. Ze moest uiteindelijk toch in slaap gevallen zijn.

„Jennie, opstaan!" riep haar moeder vanaf de andere kant van de deur. „Hé slaapkop, kom er eens uit."

„Ik ben wakker. Kom maar binnen." Jennie ging rechtop in bed zitten.

Haar moeder deed de deur open en stak haar hoofd om de hoek. „En? Heb je lekker geslapen?"

„Nee, ik had het koud," mompelde Jennie. „En jullie?"

„Papa was al meteen van de wereld en ik heb geslapen als een blok," antwoordde haar moeder opgewekt. „Dat komt door die heerlijke frisse lucht hier. Nou vooruit, ga je aankleden. Dan kunnen we ontbijten."

Toen haar moeder was verdwenen, ging Jennie weer liggen. Ze vouwde haar handen onder haar hoofd en staarde naar het plafond. Had ze nou vannacht echt een

119

stem gehoord of had ze het gedroomd? Het moest een droom geweest zijn, besloot ze. Wie zou haar nou roepen?

Na het ontbijt besloten Jennies ouders een flinke bergwandeling te gaan maken. Ze hadden speciaal voor dit weekend twee felgekleurde ski-jacks gekocht, die Jennie ze belachelijk vond staan. De jacks waren veel te groot en bovendien waren haar ouders helemaal niet sportief.

„Ga je mee?" vroeg haar vader.

„Meneer Bass zegt dat je een prachtig uitzicht hebt vanaf Hunkmountain," vertelde Jennies moeder. „Hè toe, ga mee. Trek je jack aan. Dan kunnen we weg."

Jennie schudde haar hoofd. Ze had een gruwelijke hekel aan wandelen. „Mag ik hier blijven? Ik heb net een tijdje met Tyler staan kletsen. Hij vindt het wel leuk als ik blijf. Misschien gaan we met de hond het bos in."

Haar vader en moeder keken elkaar aan. „Nou, oké dan," stemde haar moeder in. „Maar blijf niet te lang weg. Wij zijn aan het eind van de ochtend ook wel weer terug."

Nadat haar ouders waren vertrokken, lieten ze de hond uit en gaf Tyler Jennie een rondleiding door het hotel. Ze waren er in vijf minuten mee klaar. Jennie begon er spijt van te krijgen dat ze niet met haar ouders mee was gegaan. Ze verveelde zich nu al en Tyler zei bijna geen woord.

Ze zaten een tijdje zwijgend tegenover elkaar op de veranda.

„Wonen er nog vrienden van je in de buurt?" informeerde Jennie. Misschien konden ze met hen iets organiseren.

Tyler staarde haar aan met zijn uitpuilende vissenogen.

„Eigenlijk niet, nee," antwoordde hij. „Maar die heb ik ook niet nodig. Ik ben graag in m'n eentje."

Jennie zuchtte. Zo'n antwoord had ze al wel verwacht.

„Ik ben blij dat de zomerdrukte weer voorbij is," ging Tyler ongevraagd verder.

Jennie knikte. Ineens dacht ze aan de vreemde stem van de afgelopen nacht. „Wonen er hier nog andere mensen in de buurt?" informeerde ze.

„Nee." Tyler schudde zijn hoofd. „Het dichtstbijzijnde huis ligt vijf kilometer verderop."

„Dan heb ik het me dus toch verbeeld," zei Jennie nadenkend. „Ik dacht dat ik vannacht iemand hoorde roepen, hier buiten op de veranda."

Tot haar verbazing zag ze dat Tyler wit wegtrok. „W...wat bedoel je?" stamelde hij.

Jennie vertelde over de griezelige stem die haar naam had geroepen. „Maar als hier niemand woont, heb ik het gedroomd," besloot ze haar verhaal.

Tyler schudde zijn hoofd. Hij zag nog steeds doodsbleek. „N...nee."

Jennie schrok een beetje van zijn reactie. „Hoezo?"

Tyler zuchtte. „Je hebt het niet gedroomd."

„Hoe weet je dat?"

Tyler keek om zich heen of er niemand in de buurt was. Toen boog hij zich naar haar toe. „Ik moet je iets vertellen," fluisterde hij. „Het is... eh... Nou ja, ik doe het niet om je bang te maken."

Jennie slikte. „Nou?"

Tyler boog zijn hoofd nog dichter naar haar toe. „Het

spookt hier! Die stem die je hoorde... dat was een geest."

„Een g...geest?" Jennie keek hem met grote ogen aan.

„Wat voor geest?"

Tyler kneep zijn ogen tot spleetjes. „Jaren geleden beklom een van onze gasten Hunkmountain. Hij is nooit teruggekomen. Dat wil zeggen, niet levend. Maar wel als geest."

Jennie slikte. Zat Tyler haar nou wat wijs te maken? „Moet ik dat geloven?" vroeg ze onzeker.

Tyler haalde zijn schouders op. „Je hebt hem toch gehoord?"

„Ja maar..." Jennie schudde haar hoofd. „Geesten bestaan toch niet?"

Tyler ging met een ruk rechtop zitten. „Oké, dan geloof je het niet. Maar als je weer een stem hoort, doe dan niet open."

Jennie staarde hem aan. Hij leek zo serieus, dat ze hem haast begon te geloven. „Waarom niet?"

„Ze zeggen dat de geest ieder jaar een ander lichaam overneemt."

„Echt?"

Tyler knikte. „In september, als het volle maan is, zoekt hij een nieuw lichaam uit. Een warm lichaam. Daarom vergrendelen we in september 's nachts alle deuren en luiken. Om de geest buiten te houden."

Dus daarom had meneer Bass de vorige avond zo vreemd gedaan! Jennie voelde een koude rilling over haar rug lopen. Ze nam zich voor folders die ongevraagd in de bus werden gestopt voortaan meteen weg te gooien.

122

„Elk jaar in september," herhaalde Tyler op gedempte toon, „verlaat de geest het lichaam waarin hij zit en neemt een ander over."

„Ach man, laat naar je kijken!" riep Jennie plotseling kwaad uit. „Je kletst maar wat. Gewoon om me bang te maken."

„Jen-nie!"

Jennie draaide zich om en zag haar vader en moeder in de verte aankomen. Ze stond op en rende naar hen toe. „Hé, hebben jullie lekker gewandeld? Wat zijn jullie snel terug!"

Haar vader glimlachte. Zijn wangen zagen rood van de frisse berglucht. „Heb jij het ook leuk gehad?"

„Gaat wel," antwoordde Jennie. Ze wierp een blik over haar schouder en zag dat Tyler wegslenterde. „Eerlijk gezegd is die Tyler wel een beetje vreemd, hoor."

„Hoe dat zo?" vroeg haar moeder.

„Eh... nou ja, hij heeft van die rare verhalen," antwoordde Jennie ontwijkend. Ze besloot haar ouders niet te vertellen wat Tyler allemaal gezegd had.

„Zullen we naar binnen gaan?" stelde Jennies vader voor. „Volgens mij is het intussen wel zo'n beetje etenstijd. Ik heb honger gekregen!"

Die avond zag Jennie ertegen op om te gaan slapen. Hoe hard ze ook tegen zichzelf zei dat Tyler haar alleen maar op de kast wilde jagen en dat er niets zou gebeuren, ze voelde zich niet op haar gemak in haar eentje in de koude hotelkamer.

Nadat ze voor de derde keer had gecontroleerd of de luiken en de deur goed waren afgesloten, dook Jennie in bed. Ze kneep haar ogen dicht en probeerde te slapen.

Het lukte niet. Jennie was klaarwakker en ze hoorde ieder geluidje. Zelfs haar vader, die aan de andere kant van de muur lag te snurken, kon ze horen. Jennie neuriede mee op het ritme van het gesnurk en uiteindelijk sukkelde ze toch in slaap...

„Jennie! Het is zo koud hier buiten."

Jennie schoot overeind. Die stem... die was echt. Dat kon geen droom zijn.

„Jennie! Het is zo koud buiten!"

Jennie sprong uit bed, sprintte haar kamer uit en stormde zonder te kloppen de kamer van haar ouders binnen. Met een sprong dook ze op het voeteneind van het bed van haar vader en moeder.

Haar moeder vloog geschrokken overeind. „Jennie, wat is er?!"

Jennie voelde haar hart in haar keel bonken. „I...ik word achtervolgd d...door een geest!" In één adem vertelde ze wat ze die ochtend van Tyler had gehoord.

Haar moeder glimlachte een beetje meewarig. „Ach Jennie, je weet toch zelf ook wel dat zoiets niet bestaat. Volgens mij heeft Tyler je een beetje bang zitten maken."

„Maar ik heb daarnet echt een stem gehoord, mam. Ik weet het zeker. En gisternacht ook!"

„Jennie, dat kan niet," zei haar vader op geruststellende toon. „Je hebt het gedroomd."

„Niet waar!" zei Jennie met een gesmoorde stem. Ze

kon wel huilen. Ze was doodsbang voor die stem en nou deden haar ouders ook nog of ze gek was.

Woedend stapte ze van hun bed en liep terug naar haar eigen kamer. Met een knal trok ze de deur achter zich dicht en dook in haar eigen ijskoude bed. Meteen trok ze de dekens over haar hoofd. Ze wilde niets meer horen.

De volgende ochtend liep Jennie met een duf hoofd de ontbijtzaal in. Ze had slecht geslapen en was doodmoe. Zwijgend schoof ze bij haar ouders aan tafel, al zag ze vanuit haar ooghoek dat Tyler haar wenkte om bij hem te komen zitten. Maar Jennie was niet van plan om ook nog maar een seconde bij die engerd in de buurt te komen.

Algauw kwam Bravo bij haar voeten liggen. Jennie voerde hem een stukje ham en op hetzelfde ogenblik viel haar oog op het spiegelbeeld van Tyler, dat ze in het raam kon zien. Hij zat met een vol bord voor zich, maar at geen hap.

Ineens drong het tot Jennie door dat ze hem nog helemaal niet had zien eten, zolang ze hier waren. Geen wonder dat hij zo mager en bleek was.

Ze zag in het raam dat Tyler zijn stoel naar achteren schoof. Hij stond op en kwam naar hun tafeltje toe.

Bravo begon zacht te janken en Jennie kreeg een vreemd gevoel in haar buik.

Tyler grijnsde naar haar. „Hoi, Jennie. Zullen we straks met Bravo een eind in het bos gaan lopen?"

„Nee," antwoordde ze kortaf, terwijl ze haar ogen strak op haar bord gericht hield. Haar hart bonsde in haar keel, want ze had in een flits begrepen hoe het zat. Tyler was bleek, hij at nooit. Zijn eigen hond was bang voor hem... Tyler was de geest van Hunkmountain!

„Hè, toe nou..." drong Tyler aan.

„Nee, zei ik toch. Ik heb andere plannen." Jennie wierp haar vader en moeder een waarschuwende blik toe om te voorkomen dat die zich ermee zouden bemoeien.

Eindelijk droop Tyler af.

De rest van de dag trok ze met haar ouders op. Ze maakte zelfs een lange, saaie wandeling met hen. Jennie vond alles best, zolang ze maar uit de buurt van Tyler kon blijven.

Het was al donker toen ze weer in het hotel kwamen en ze gingen pas om acht uur aan tafel. Na de uitgebreide maaltijd stonden ze op om naar hun kamers te gaan.

Jennies vader wees uit het raam. „Kijk, het is volle maan!"

Jennie kreeg het ineens ijzig koud en ze rilde. Als het volle maan was in september, dan zocht de geest een nieuw lichaam. Dat had Tyler toch gezegd?

„Is er wat?" vroeg haar moeder bezorgd. „Je ziet zo bleek."

„Ik... ik voel me helemaal niet lekker!" bracht Jennie uit. „Kunnen we niet naar huis?"

Haar moeder schudde haar hoofd. „Nee joh, het is al veel te laat. Het is gevaarlijk om in het donker over die bergwegen te rijden. Laten we nou eerst maar rustig gaan slapen. Als je even gaat liggen, voel je je vast alweer iets beter."

„Nee! Hier word ik alleen maar zieker! Ik wil hier weg!
Doe het voor mij... alsjeblieft?" smeekte Jennie wanhopig.
„Nou, zo ziek ben je volgens mij niet," zei haar moeder.
Ze legde een hand op Jennies voorhoofd. „Je hebt in ieder
geval geen koorts."
„Ik voel me doodziek. Echt waar, mam!"
Haar moeder schudde haar hoofd. Ze duwde Jennie
met zachte drang naar haar kamer. Daar wachtte ze tot
Jennie in bed gekropen was en liep naar het raam om de
luiken te sluiten. „O Jennie, kijk!" riep ze uit. „Bravo zit
hier buiten voor de deur. Het lijkt wel of hij je wil bescher-
men."
Jennie kwam meteen uit haar bed en wierp een blik
naar buiten. Daar zat Bravo haar trouwhartig aan te kijken. Iets geruster stapte ze weer haar bed in.
„Nou, slaap lekker," zei haar moeder. Ze bukte zich en
gaf Jennie een nachtzoen. „Je zult zien dat je je morgen-
ochtend heel anders voelt. Als er iets is: we zitten nog
even beneden in de lounge. Meneer en mevrouw Bass
hebben ons uitgenodigd voor een partijtje bridge."
„Beneden?" riep Jennie geschrokken. „Dus jullie gaan
nog niet naar bed?"
„Hè," zei haar moeder geërgerd, „ik weet dat je je niet
lekker voelt, maar je moet je niet aanstellen. Ik kom zo nog
wel even bij je kijken." Ze stond op en verliet de kamer.
Jennie bleef een hele tijd doodstil liggen. Ze luisterde
naar de wind die om het hotel heen gierde. De luiken ram-
melden in hun sponningen. Jennie had drie dekens over
zich heen, maar nog lag ze te rillen.

Gespannen lag ze te luisteren, maar ze hoorde alleen het gieren van de wind...

BENG!

Een bons op de groene deur. „Jennie! Het is zo koud hier buiten. Laat me erin. Ik ben het, Tyler!"

Doodsbang greep Jennie haar dekens vast. Ze rilde. „Ga weg!" riep ze. „Ik roep mijn vader en moeder, hoor! Waarom ga je niet gewoon door de voordeur?"

„Alsjeblieft, laat me binnen!" drong Tyler aan. „Ik heb mijn sleutel verloren en als mijn vader merkt dat ik zo laat ben thuisgekomen, zwaait er wat. Laat me nou binnen, dan kan ik naar mijn kamer gaan zonder dat hij het ziet. Toe nou!"

„Nee!" schreeuwde Jennie. „Donder op!"

De wind nam toe en de luiken voor haar raam gingen rammelend heen en weer.

„Jennie, toe nou..." Tyler bonsde zo hard op de deur, dat Jennie even bang was dat hij met deur en al de kamer in zou vallen.

„Ga weg!" schreeuwde ze.

Plotseling hoorde ze Bravo blaffen en grommen. Goed zo! dacht Jennie opgelucht. Bravo had haar vast en zeker horen schreeuwen en kwam haar nu te hulp. Ze hoorde zijn nagels op de veranda tikken.

„Bravo, af!" schreeuwde Tyler. „Ga weg!"

Het volgende ogenblik hoorde Jennie bonkende voetstappen op het trapje van de veranda en daarna werd het stil.

Jennie haalde diep adem. Mooi zo, Bravo had Tyler dus

weggejaagd. Het gevaar was geweken. Ze was weer veilig. Ze voelde dat haar stijve spieren zich ontspanden.

Ineens verbrak een zielig, zacht gejank de stilte.

Bravo!

Snel sloeg Jennie de dekens van zich af en met een paar
stappen was ze bij de deur. Ze rukte hem open en daar
stond Bravo. De hond hief zijn kop op en keek Jennie met
zijn treurige, bruine ogen aan. Hij kwispelde zachtjes.

„Bedankt," zei hij. „Het was koud buiten."

SPREKEN IS VERBODEN

Sam kon zich wel voor zijn hoofd slaan. Hij staarde door het autoraampje naar buiten, naar de voorbijschietende bomen. Zijn vader zat aan het stuur, zijn moeder ernaast. Al ruim twee uur waren ze onderweg. Zijn vader hield hem via het achteruitkijkspiegeltje voortdurend in de gaten. Alsof hij verwachtte dat Sam elk moment zou ontsnappen. Dat kon natuurlijk niet meer. Er was geen ontkomen meer aan.

Met een zucht liet Sam zich tegen de rugleuning zakken. Nog een uur rijden en dan... begon die stomme straf. Zijn hele herfstvakantie was bij voorbaat naar de knoppen. Als hij het over mocht doen, zou hij het slimmer aanpakken.

En wat had hij nou helemaal gedaan? In het computerlokaal was hij op het netwerk van de school toevallig wat bestandjes tegengekomen van de wiskundeleraar. Daar kan ik vast wel wat mee, had hij gedacht, en met zijn muis had hij het eerste bestand aangeklikt.

Hij kon zijn ogen niet geloven toen hij zag wat het was: het proefwerk van de week erop. Wat een geluk! Snel printte hij alle vragen een paar keer uit. Hier kon hij geld mee verdienen, want iedereen wilde wel eens een goed cijfer halen bij de beruchtste leraar van school.

De volgende dag werd Sam tot zijn grote verbazing door de conciërge uit de klas gehaald en naar de directeur gebracht. Was er iets fout gegaan? flitste het door hem heen. Wie had hem verraden?

De directeur van de school vertelde hem dat natuurlijk niet. Die hield alleen maar een print van het proefwerk in zijn hand. „Zo Sam, leg jij mij dit maar eens uit."

Hoe had hij zo dom kunnen zijn om anderen ook een voordeeltje te gunnen! Hij had de vragen voor zichzelf moeten houden. Stom!

Toen Sam geen antwoord gaf, stak de directeur zijn hand naar hem toe, met de palm naar boven.

„Volgens mij heb jij geld dat je niet eerlijk hebt gekregen," zei hij kil. „Geld dat we veel beter kunnen besteden aan een doel dat ik kies."

„Maar..." probeerde Sam, „moet dat dan niet terug naar de leerlingen in mijn klas?"

„Houd je mond!" blafte de directeur. „Spreken is voor jou hier verboden. Hoe kom je trouwens op dat belachelijke idee!" De directeur ontplofte bijna. „Dan hadden ze maar niet met jou in zee moeten gaan. Nee jongeman, iedereen is zijn geld kwijt. En jij, jij moet maar eens een lesje leren! Vanavond regel ik dat wel even met je ouders. En nu: eruit, naar huis! Ik wil je niet meer in of rond dit gebouw zien, zeker tot na de herfstvakantie niet."

Sams ouders schrokken er enorm van toen de directeur hen 's avonds opbelde. Ze waren het daarna wel direct met hem eens dat voor Sams 'handigheidje' een flinke straf op zijn plaats was. Er was zelfs sprake geweest van een internaat voor moeilijk opvoedbare kinderen, maar daar waren ze gelukkig weer van teruggekomen. Ten slotte

131

kozen ze voor een week 'verbeteringskamp'.

Dat idee was nieuw. Een paar mensen uit de politiek hadden er iets over geroepen en daarna had de regering het idee overgenomen en er wat geld voor beschikbaar gesteld. Er waren inmiddels drie van die kampen, verspreid over het land.

Sam werd door zijn ouders naar het kamp gebracht, dat het verst bij hun huis vandaan was, in Helfort. Zelf reden ze daarna door naar het buitenland, voor een weekje vakantie. Ze moesten even bijkomen, zeiden ze, en daarna zouden ze hem weer op komen halen.

Het kamp werd gesponsord door een internationale computerfirma. Op de dagen rond de opening hadden er grote stukken in de krant gestaan, en dat was natuurlijk prachtige gratis reclame. Bovendien waren de eerste resultaten fantastisch: de jongens en meisjes die een week kamp achter de rug hadden, gedroegen zich daarna voorbeeldig.

Sam bleef maar uit het raampje staren. In gedachten zag hij zichzelf vluchten over de weilanden en door de bossen die erachter lagen.

„Je moeder en ik gaan even koffiedrinken," zei zijn vader plotseling. „Tenslotte hebben wíj vakantie." Hij stuurde de auto het parkeerterrein van een wegrestaurant op.

„Jíj blijft in de auto," ging Sams moeder verder. Ze was nog steeds woedend over wat hij had uitgehaald en liet dat duidelijk merken. „En de deuren gaan op slot. We zullen een raam op een kiertje laten."

Even later keek Sam zijn ouders na, die op hun dooie gemak naar het wegrestaurant liepen. Hij besloot de brochure van het Verbeteringskamp maar eens door te lezen. Vol afgrijzen las hij alles over het programma wat hem te wachten stond.

Plotseling werd er hard op het ruitje naast hem getikt. Er stond een jongen, die aan zijn houding te zien al even over zijn schouder mee had staan kijken. „Daar ga ik ook naartoe," zei hij door de kier heen.

„Hè, wat...?" Sam keek eens goed naar de felle blik van de jongen. „En eh... en wat vind je ervan?"

„Wat ik ervan vind?" snoof de jongen. „Dít!" Driftig haalde hij zijn eigen folder uit zijn jaszak, verscheurde die en smeet de snippers op de grond. „Rot toch op met je Verbeteringskamp! Ik ben goed zoals ik ben. En ik doe waar ik zelf zin in heb!"

„Groot gelijk," stemde Sam in. „Trouwens, ik heet Sam."

„Ik ben Rick. Waarom moet jij eigenlijk naar dat rotkamp?"

„O, eh... proefwerken doorverkocht. Iemand heeft me verraden bij de directeur. Ik zei nog tegen hem dat ik ze gevonden had, maar dat geloofde die bullebak niet."

„Had je ze dan niet gevonden?"

„Nee, natuurlijk niet, ze kwamen uit de computer van school. Het geld was een mooi extraatje om eens wat leuks te kopen."

Rick knikte. „Je mag ook nooit eens een lolletje hebben."

„Waarom moet jij naar dat verb... dat rotkamp?"

„Afpersing. Ik had het jack van een jochie uit de brugklas gepikt en liet hem betalen om het terug te krijgen."

Ze praatten nog een tijd door over computers en over school, totdat de scherpe stem van Sams moeder tussenbeiden kwam.

„Van wie heb jij toestemming gekregen om te praten, Sam?" vroeg ze, waarbij ze Rick compleet negeerde. „Kom, we gaan verder."

Rick keek verbaasd naar Sams moeder. Toen stak hij een hand op naar Sam en liep weg.

Sams ouders stapten in en zijn vader startte de motor voor het laatste stuk naar het marktplein in het centrum van Helfort. Daar moesten de kinderen worden afgeleverd door de ouders, waarna ze met busjes naar het Verbeteringskamp gebracht zouden worden.

Ruim een half uur later reed het busje met daarop het schreeuwende logo van het computerbedrijf, door de hoge ijzeren poort van het kampterrein.

Niets van wat Sam zag, leek op de beschrijving in de folder. Hij had zich bij een 'kamp' eigenlijk een stel tenten en een houten barak voorgesteld, maar het bleek een oud, statig kazernegebouw te zijn, met hoge, grijze muren en veel kleine raampjes, die aan een gevangenis deden denken. De bijgebouwen van de kazerne waren zo te zien kortgeleden gesloopt, zodat alleen het hoofdgebouw nog overeind stond. Met het geld van het computerbedrijf was het interieur flink verbouwd en aangepast voor de opvang van lastige pubers.

De chauffeur parkeerde de bus bij de hoofdingang.

Sam zag een stuk of dertig jongens en meisjes van zijn leeftijd uit het gebouw naar buiten komen lopen. Nou ja, lopen? Het was meer marcheren wat ze deden. Ze liepen als soldaten, en zo zagen ze er ook uit, in hun strakke uniform. Het was bijna griezelig, zoals ze daar in een rechte lijn voor de hoofdingang gingen staan. Kaarsrecht en allemaal met het gezicht dezelfde kant op. Kennelijk was dit de groep van de afgelopen week, die nu met de busjes terug naar het centrum van Helfort gebracht zouden worden. Sams blik gleed nog eens langs de rij voor de hoofdingang. Een paar jongens leken zo uit het leger weggelopen, zoals ze daar met hun borst naar voren stonden. En de meisjes? Ze hadden allemaal een paardenstaart of een vlecht. Alles was stijf en strak.

Willen mijn vader en moeder dat ik ook zo word? flitste het door hem heen. Nou, dat kunnen ze dan mooi vergeten!

De chauffeur schoof de zijdeur van het busje open. „Uitstappen," commandeerde hij.

Sam, Rick en de anderen die op het marktplein in waren gestapt, sprongen naar buiten. Terwijl ze onwennig in het rond keken, zag Sam een man in een donkergrijs pak uit de hoofdingang in hun richting komen lopen.

„Welkom," zei hij kortaf, toen hij voor de nieuwe groep stil was blijven staan. Hij sloeg zijn armen over elkaar, hief zijn kin iets op en begon hen toe te spreken. „De naam is Nicholson en ik ben directeur van dit Verbeteringskamp. Ik wil dat jullie op lengte achter elkaar gaan staan. De grootste achteraan, de kleinste voorop. Jullie tassen en koffers blijven in de busjes. Jullie hebben hier niets van jezelf nodig."

De groep van Sam deed aarzelend wat hen gevraagd was.

De directeur richtte zijn wijsvinger op de jongen die vooraan stond. „Jij bent nummer 31. Jij daarachter, jij bent nummer 32." En zo ging hij door tot achteraan. Sam kreeg nummer 37.

„Onder jullie eigen naam zijn jullie de fout ingegaan, dus die zijn jullie niet meer waard. Vanaf nu worden jullie met je nummer aangesproken," vervolgde de directeur. „En zo moeten jullie ook elkaar aanspreken. Alle volwassenen spreken jullie aan met 'Wacht'."

Sam voelde zijn hart bonzen. Hoe kom ik hier ooit die week door? dacht hij koortsachtig. Bij mijn ouders zit dan misschien een steekje los, maar die vent is echt knettergek!

„Jullie gaan nu naar binnen. De wachten brengen jullie naar je kamers op de eerste en tweede etage. Onthoud dat alle andere ruimtes streng verboden zijn. Tot slot: wie mijn regels overtreedt, wordt streng gestraft."

De man draaide zich resoluut om en liep met soldatenpassen naar de nummers 1 tot en met 30, die nog steeds stokstijf stonden te wachten.

Zouden die jongens en meisjes net zo geweest zijn als ik? vroeg Sam zich af. Wat hebben ze hier in vredesnaam met hen uitgespookt? En wat gaan ze met mij doen?

Binnen werden ze opgevangen door vier wachten. Een

van hen tikte Sam op de schouder. „Volgen," zei hij op gedempte toon. Hij leidde hem samen met een paar andere nieuwkomers door de hal, waarna ze een trap opliepen.

Toen Sam omkeek, zag hij dat Rick een kamer op de begane grond kreeg.

„Ik zie je straks, Rick!" riep Sam.

„Spreken is verboden," berispte de wacht hem. „Namen zijn verboden. Houd je aan de regels, 37!"

Boven gingen ze linksaf een gang in. Halverwege deed de wacht met een vreemde sleutel een tussendeur open, die hij gelijk weer afsloot toen ze er eenmaal door waren. Er was geen klink, alleen een sleutelgat.

Hebben ze hier iets te verbergen of zo? dacht Sam. Waarom sluiten ze hier de deuren af? En waarom mogen we niet met elkaar praten?

De wacht bracht hem naar de laatste kamer in de gang. „Je draagt de kleding die in de ladekast ligt," wees hij, toen ze in de kamer stonden. „Je eet wat daar op tafel staat. En je wacht hier tot je gehaald wordt." Hij liep de kamer uit.

Sam keek de wacht na. De deur ging met een klap dicht. Meteen zag Sam dat er in zijn kamerdeur ook geen klink was aangebracht. Hij zat opgesloten.

Met een zucht draaide Sam zich om en bekeek zijn kamer. Daar was hij snel mee klaar, want er stond niet meer dan een bed, een kleine ladekast, een tafel en een stoel. In de bovenste la vond hij alleen maar wat saaie spullen: een uniform, tandpasta, handdoeken.

Eten dan maar, besloot Sam. Op tafel stond een bord met een kleffe, donkerbruine berg prut. Sam haalde zijn

vinger erdoor en likte die af. Bonen, of zoiets. „Gatver..."
Maar hij maakte zijn vloek niet af. Hij hoorde namelijk
een geluid. Een soort geritsel. Het kwam uit een luchtrooster onder in de muur. Sam liep er aarzelend heen, bukte
zich en hield zijn oor bij het rooster. Het geluid werd harder. Het leek wel op gefluister, vond Sam. Van twee, misschien nog wel meer mensen.

„Is daar iemand?" riep hij hees.

Het fluisteren werd weer luider. Werd er nou iets gezegd?

„Kan iemand me horen?" vroeg Sam nog iets harder.

„Spreken is verboden!" riep een wacht vanuit de gang.

Het gefluister stopte.

Sam staarde naar het rooster. Wat was dat nou geweest?
Zou er iets achter die muren zitten? Nee, dat was belachelijk. Het waren vast stemmen uit een andere kamer, die
door de ventilatiebuizen te horen waren.

De volgende dag werd het direct menens. De kampweek
begon met een soort examen. Daarvoor werd de hele
groep naar een helverlichte ruimte gebracht. Onderweg
durfde niemand iets te zeggen, in de gangen was alleen
het geschuifel van hun voeten te horen.

Sam zat aan een tafeltje naast dat van Rick. Dat kwam
goed uit, want nu kon hij hem nog even vragen of hij ook
stemmen gehoord had, gisteravond.

„Hé, Rick!" fluisterde hij.

„Spreken is verboden," commandeerde de wacht die
voor de klas stond. „Jullie gaan de vragen beantwoorden

die op het beeldscherm voor jullie neus verschijnen. Het enige dat ik wil horen, is het klikken van jullie muis."

Sam staarde naar het computerscherm. Hij zag linksonder dat het bestand meer dan honderd pagina's telde. En op dit eerste scherm zag hij al vier vragen. Hoe kunnen ze nou verwachten dat we zoveel vragen gaan beantwoorden, dacht hij.

En wat voor vragen! Zijn ogen werden groot van verbazing...

'Hoe spreek je thuis je ouders aan?', 'Wat eet je het liefst?', 'Wat heb je de afgelopen vijf jaar als kostuum bij het carnaval gedragen?'

Verward wreef Sam over zijn kin. Waarom wilden die computerfreaks dat allemaal weten? Ze wisten nú al veel te veel van hem! Ze konden wat hem betreft de boom in met hun vragen.

Hij klikte op een tekstveldje en tikte: 'Ik noem mijn vader Zittende Stier en mijn moeder Drilpudding. Ik doe een moord voor hete bruine bonenprut. Naar carnaval ga ik altijd verkleed als een kameel met drie bulten.'

Sam tikte Rick op zijn schouder en draaide zijn scherm in de richting van zijn buurman. Rick las wat hij geantwoord had en begon te grinniken.

Een sterke hand greep Sam bij zijn schouder beet. Stevig. „Nummer 37, je leidt de anderen af. We verwijderen je uit de normale groep en zetten je over naar de afdeling Speciale Behandeling."

De wacht trok Sam mee naar voren en drukte een oranje knop op zijn bureau in. Een paar seconden later kwam een andere wacht het lokaal binnenlopen.

„Nummer 37 gaat naar de Modelkamer wegens spreken in het openbaar en wangedrag," beval de eerste wacht. „Hij is een spoedgeval."

Sam zag wel in dat protesteren geen enkele zin had en hij liep gedwee mee met de tweede wacht naar de deur. Toen hij langs Rick liep, maakte die een gebaar alsof hij 'Sorry!' wilde zeggen.

Met tegenzin sjokte Sam achter de wacht aan door de gangen van de kazerne. Hij voelde zich een beetje misselijk en dat kwam niet alleen door het smerige eten. 'Speciale Behandeling' klonk nou niet echt als iets om je op te verheugen.

Ze gingen de trap af naar de begane grond. De wacht stopte bij een houten bank waar al een meisje op zat.

„Zitten," commandeerde de wacht. Hij verdween.

Het meisje boog zich naar Sam toe. „Weet je wat ze met ons gaan doen?" fluisterde ze. „Ik heb gehoord dat ze..."

Voor ze haar verhaal kon afmaken, ging aan de overkant van de gang een deur open. Een wacht stak zijn hoofd naar buiten. „Spreken is verboden! Jij," en hij wees naar het meisje, „binnenkomen, nummer 53."

Ze stond op. Ze keek Sam nog eens met grote ogen aan en liep de kamer in.

Sam liet zich tegen de muur zakken. Met een zucht sloot hij zijn ogen.

Het volgende moment hoorde hij het geritsel weer. Nee, het was nu duidelijk gefluister. Het kwam uit de muur achter zijn hoofd, zo te horen.

Het gefluister werd luider, net als de avond ervoor. Sam draaide zich half om en drukte zijn oor tegen de muur.

„Pas op! Ga die kamer niet binnen," riep een stem.

Sam voelde zijn hart in zijn keel kloppen. „Waarom niet? Wat is er dan in die kamer? En wie ben jij?"

„Ga niet..."

Weer ging er een deur open.

„Komen, nummer 37," zei een wacht met vlakke stem.

Sams knieën knikten toen hij naar de geopende deur toe liep. Hij hoopte maar dat de wacht niet zag hoe bang hij was. Aarzelend stapte hij de Modelkamer binnen.

Het vertrek leek op de praktijkruimte van een huisarts, maar dan wel een hele moderne. Er stond een onderzoekstafel, een weegschaal, een tafeltje met rollen verband en andere medische spullen. Maar het grootste deel van de kamer werd in beslag genomen door elektrische apparaten, snoertjes, kabels en beeldschermen. Het leek wel de werkruimte van een computertechnicus.

„Ga op de tafel liggen," commandeerde de wacht.

Nou, dat valt mee, dacht Sam, terwijl hij deed wat hem gevraagd was. Maar hij lag nog maar net stil op zijn rug of de tafel begon te bewegen, evenals een heel stel robotarmen. Hij voelde hoe de metalen vingers tegen zijn schedel drukten en in zijn buik prikten, terwijl van alle kanten smalle laserstraaltjes op zijn lichaam werden afgevuurd.

De wacht knikte telkens als er een nieuw beeld op zijn scherm verscheen. „Mond open," zei hij, of: „Armen spreiden," en: „Draai je op je buik."

Verbaasd liet Sam de wacht begaan. Hij begreep er niets

van. Waarom wilden ze zoveel over zijn lichaam weten? Het leek wel of hij van binnen en van buiten, en van top tot teen werd opgemeten. Was dit de Speciale Behandeling? Of kwam die nog en moest hij daarbij iets dragen dat hem tot op de millimeter nauwkeurig paste?

De wacht stapte achter zijn computertafel vandaan en kwam met een draad in zijn hand op Sam aflopen. „Ogen open!" beval hij.

Nog voordat hij kon reageren, scheen er een scherp licht in zijn rechteroog.

„Niet doen!" riep hij angstig.

„Spreken is verboden," reageerde de wacht en hij richtte de felle lichtstraal op zijn andere oog.

Sam snapte er steeds minder van. En hij raakte helemáál de kluts kwijt toen hij na het onderzoek gewoon weg werd gestuurd. Er was niet eens een wacht die met hem meeging of hem terugbracht naar het lokaal of zijn kamer!

Nu moest hij zijn kans grijpen. Bij iedere deur op de gang stopte hij even om te luisteren of er iemand in de ruimte erachter was. Achter de vierde deur was het muisstil. Sam deed hem voorzichtig open.

Het was een kantoor. Zonder mensen, maar met een telefoon. Yes!

Sam graaide de hoorn van het apparaat en tikte het mobiele nummer van zijn ouders in. De telefoon ging over. Neem op, smeekte Sam in stilte. De tweede toon klonk. En de derde, de vierde...

Sam hoorde voetstappen in de gang.

De vijfde toon had geklonken.

„Met Thomson," klonk eindelijk de stem van zijn moeder.

„Mam!" fluisterde Sam. „Jullie moeten me hier weghalen! Er gebeuren hier rare dingen. Ik... ik ben bang!"

„Bang, jij? Hoe kan dat nou, Sam? Toen je die proefwerken verkocht, was je toch ook niet bang?" reageerde zijn moeder ongeduldig. „Bovendien, het kan geen kwaad dat je 'ns flink bang bent, dan haal je ook geen rare streken meer uit."

„Maar ze..."

Een grote, sterke hand trok de hoorn uit Sams handen. Sam draaide zich met een ruk om. Het was de directeur.

Kalm drukte de man de hoorn tegen zijn oor en zei: „Hallo, mevrouw Thomson. Met Nicholson spreekt u, de directeur van het Verbeteringskamp. Uw zoon heeft enige aanpassingsproblemen, maar we krijgen hem wel onder controle, daar kunt u op rekenen. Het gaat allemaal precies zoals we u beloofd hebben. U kunt erop vertrouwen, dat Sam een leerzame tijd zal hebben hier. Ik weet zeker dat u uw zoon straks gewoon niet terug zult kennen! Ik heb uw vertrouwen? ... Mooi. Vriendelijk dank... Ja, tot ziens."

De directeur verbrak de verbinding en trok Sam ruw mee de kamer uit. Nog geen drie minuten later stonden ze voor Sams kamer.

„Dat is de zoveelste keer dat jij je mond opendoet zonder toestemming," zei de directeur, terwijl hij Sam naar binnen duwde. „Maar dit was de laatste keer dat je hier in de fout gaat, 37. Je model is zo goed als klaar." Met een klap trok de man de deur dicht.

Mijn model? dacht Sam. Wat heeft dat nou weer te betekenen? Zou dat op die Speciale Behandeling slaan?

Sam liet zich op zijn bed vallen en lag naar het plafond te staren. Iedere keer als hij voetstappen in de gang hoorde, verwachtte hij dat ze hem kwamen halen. Uiteindelijk viel hij in slaap. Hij droomde dat hij in een dierenasiel was en dat hij naar zijn hond zocht. Alle honden in het asiel jankten.

Hij schrok wakker, maar het gejank hield aan. Het leek nu wel op machines in een fabriek: kloppen, boren, slijpen. Maar er klonk iets anders doorheen. Het waren die stemmen weer! De fluisterende stemmen achter de muur. Ze riepen iets.

Sam sprong van zijn bed en liep snel naar het luchtrooster. Hij ging op zijn knieën zitten en tuurde in de donkere tunnel. In de duisternis zag hij tientallen ogen glinsteren.

„Red ons!" riep een stem. „Red ons... en jezelf!"

„Ze maken een robot van je," siste een andere stem.

Sam keek verbaasd in de glinsterende pupillen. „Een robot? Hoe..."

„Het is echt waar!" klonk nu een stem die Sam al kende. Was dat niet het meisje dat hij in de gang had gezien?

„Die robot sturen ze naar je huis om jouw plaats in te nemen," ging het verder. „En jij blijft voorgoed hier achter de muren, waar niemand je kan vinden."

Sam wist niet meer hoe hij het had, het zweet brak hem uit. Dus daarom stelden ze al die vragen en werd je helemaal opgemeten. Met al die computers maakten ze een nep-Sam, een wandelende computer die op hem leek, en die alleen maar deed waarvoor hij geprogrammeerd was. „Wat moet ik doen?" fluisterde hij terug. „Hoe kan ik..." „Ssst! Er komt iemand aan," waarschuwde iemand van-achter het rooster. De ogen verdwenen in de duisternis.

Ik moet hier wég, dacht Sam.

Er klonken voetstappen op de gang. Was dat een wacht? Meteen liep hij naar de deur en klopte erop. Er kwam geen reactie. Hij klopte nog een keer, nu wat harder.

„Ja?" riep de wacht.

„Ik moet naar de wc."

De wacht deed de deur open en Sam stapte naar buiten. Nog voordat de wacht de deur had kunnen sluiten, nam Sam de benen. Hij schoot door de gang, waar de tussen-deur gelukkig openstond, vloog de trap af en belandde in de lange gang op de benedenverdieping.

Hij deed een stap links de gang in: nergens een wacht te zien. Tot nu toe ging het goed.

„Nummer 37, wat doe jij hier?" klonk onverwacht een stem.

„N...niets," stotterde Sam automatisch. Daarna draaide hij zich om. Midden in de hal stond een jongen in uniform.

„Rick!"

De andere jongen keek hem strak aan en glimlachte toen. „Daar had ik je mooi te pakken, hè?"

„Ik heb nu geen tijd voor grappen, Rick," fluisterde Sam haastig. „We moeten ontsnappen."

Rick fronste zijn wenkbrauwen. „Hoezo? Zo erg is het

nou toch ook weer niet?"

„Jawel! Weet je nog toen we aankwamen, die lui van de vorige groep? Dat waren geen mensen, maar robots! De echte jongens en meisjes zitten allemaal opgesloten achter de muren van deze kazerne. Dat noemen ze verbeteren: mensen vervangen door machines. We moeten ze redden, en onszelf, voordat de wachten ook robots van ons maken!"

Het klonk als een héél erg sterk verhaal, besefte Sam.

Rick had er kennelijk geen moeite mee. „Kom mee, ik weet hoe we kunnen ontsnappen."

Hij pakte Sam bij zijn arm en trok hem een korte gang in. Zonder enige aarzeling liep hij naar een van de zijmuren toe, waar hij met zijn voet tegen de houten betimmering drukte. De muur kantelde langzaam een stuk naar voren. Er kwam een donkere ruimte te voorschijn.

„Vlug, kruip erin," fluisterde Rick. „Er loopt een gang onder het terrein door, tot voorbij het hek om het kamp."

Sam aarzelde. „Weet je dat zeker? Van wie heb je dat?"

„Wat maakt dat nou uit? Schiet op, voor we ontdekt worden!"

„Als jij eerst gaat. Jij weet waar die gang heen gaat, toch?"

„Jawel, maar ik moet de muur weer afsluiten," reageerde Rick nu een beetje boos. Hij duwde Sam in zijn rug. „Vlug, ik hoor voetstappen!"

„Oké, ik ga al." Sam knielde en begon zich door de lage opening heen te werken. Hij was er al half onderdoor toen hij plotseling stopte.

146

Een bekend geluid kwam op hem af, een opgewonden gefluister.

„M...maar dat zijn de gevangenen!"

Hij voelde Ricks hand nog steeds tegen zijn schouder. „Toe maar, het is in orde," klonk zijn stem, die vreemd kalm was.

Sam keek over zijn schouder en zag de vreemde glimlach op Ricks gezicht. Voordat Sam nog iets kon zeggen, hief Rick zijn voet op, zette hem tegen Sams rug en schopte hem de duisternis in. Sam rolde een paar keer rond zijn as en bleef toen liggen.

„Hé Rick, wat doe je nou, man?!"

Achter hem schoof de muur met een zacht geknars weer op zijn plaats. Net voordat het laatste streepje licht verdwenen was, hoorde Sam Rick nog iets zeggen.

„Je vraagt te veel, 37. Spreken is verboden."

DE NIEUWE

Helga was anders dan de rest. Dat hadden Maddy en Carrie al door op de dag dat ze voor het eerst op school verscheen.

Alleen die naam al. Helga. Zo ouderwets. En zo zag ze er ook uit. Ze droeg een lange, zwarte jurk met dunne schouderbandjes. Een ouderwets ding, behoorlijk versleten, en helemaal niet mooi of zo. En trouwens, met zo'n mager lijf en zo'n ongezonde bleke huid als Helga had, zou geen normaal iemand eraan denken om zo'n zwart, bloot geval aan te trekken.

Op die eerste ochtend, een paar minuten voor de eerste les, konden Maddy en Carrie hun ogen niet van haar afhouden. Dat viel Helga toch niet op, want mevrouw Sanders, de lerares, stond bij haar bureau uitgebreid tegen haar aan te praten.

„Aparte meid, hè Maddy,"fluisterde Carrie tegen haar vriendin.

„Hm-m," mompelde Maddy, terwijl ze haar ogen strak op het meisje gericht bleef houden.

De lerares klapte in haar handen om een einde aan het geroezemoes te maken.

„Jongens," riep ze, „dit is Helga Nuegenstorm. Ze is nieuw hier op school en ik verwacht dat jullie ervoor zorgen dat ze zich snel thuis voelt."

Helga liet haar blik naar de vloer dwalen. Haar huid was zo bleek, dat het leek of de zon er nooit op geschenen had. En ze droeg lipstick, zo te zien. Donkerpaarse, bijna zwarte lipstick.

„Denk jij wat ik denk?" fluisterde Carrie gespannen.

„Ik weet het niet." Maddy aarzelde even. „Het kan ook gewoon zo'n alternatieveling zijn. Maar toch, ze is echt anders..."

Carrie knikte grijnzend. „We moeten het straks maar eens met de anderen over haar hebben."

In de middagpauze zaten Maddy en Carrie met hun vrienden Yvonne en Joey aan hun vaste tafel in de kantine.

„Hebben jullie die nieuwe al gezien?" vroeg Maddy aan Yvonne en Joey.

Die knikten gretig.

„Donkerpaarse lippen," zei Yvonne langzaam, „en lijkbleek. Niet dat bleke van die gewone alto's. Die maken hun huid soms gewoon bleker. Lekker hip en zo. Maar Helga is bleek van zichzelf. En buiten draagt ze een zonnebril, heb ik al gezien. Ze heeft de pest aan zonlicht..."

Joey knikte alweer. „En waarschijnlijk is het geen lipstick, dat paarse," vulde hij haar gedachten aan. „Het zou best wel eens de kleur van haar lippen zelf kunnen zijn. Weet een van jullie waar ze woont?"

„In het huis waar de Dobsons zaten," antwoordde Yvonne. „Ik kwam gisteren langslopen, net toen ze er introkken."

„Aha, dat oude huis, aan de rand van het bos..." zei Carrie bedachtzaam. „Lekker afgelegen en zo..."

„Zie je?" Maddy's stem trilde van opwinding. „Dat is weer een aanwijzing!"

„Een aanwijzing?" lachte Joey. „Ik weet het nu wel zeker!"

„Ik ook," zei Carrie. „We moeten het natuurlijk nog wel verder uitzoeken, maar voor mij is Helga allang door de mand gevallen."

„En hard ook," stelde Joey vast. „Bleke huidskleur, paarse lippen, kleren uit een andere eeuw, houdt van afzondering..."

„...Een vampier..." vulden Maddy, Carrie en Yvonne tegelijk aan.

„Zeker weten!" Joey keek triomfantelijk de tafel rond. „Nou, dit is het betere detective-werk, hè? Trouwens, Carrie heeft wel gelijk, hoor. We moeten het nog wel verder uitzoeken. Stel je voor dat ze twee doodnormale ouders blijkt te hebben... Heb jij haar ouders al gezien, Yvonne?"

Yvonne schudde haar hoofd. „Alleen verhuizers. En die werkten alsof de duivel hen op de hielen zat. Waarschijnlijk moesten ze niks hebben van het sfeertje dat Helga om zich heen heeft hangen."

„Nee, zij niet," grinnikte Joey. „Maar wij wel!"

„Ssst, niet zo hard." Maddy draaide haar hoofd nauwelijks merkbaar in de richting van de klapdeuren van de kantine.

De anderen keken behoedzaam om. Daar, naast de klapdeuren, stond Helga. Ze keek een beetje ongemakkelijk om zich heen en maakte geen aanstalten om te gaan zitten.

„Geen honger, waarschijnlijk," mompelde Yvonne.

„Nee, overdag niet," grijnsde Carrie. „Maar doet u straks

maar een lekker drankje, rond middernacht of zo."

„Ja, proost!" vulde Joey lachend aan.

's Avonds gingen Maddy, Carrie, Joey en Yvonne op weg naar het oude huis aan de rand van het bos. Daar aangekomen, verscholen ze zich achter de lange heg, die doorliep tot aan de voortuin van Helga's woning.

In het bleke maanlicht rees het donkere huis spookachtig voor hen op. Erachter wuifden de boomtoppen in de wind.

„Zou ze wel thuis zijn?" fluisterde Yvonne. „Het is overal donker."

„Natuurlijk is ze thuis," antwoordde Joey. „Ze laat het licht expres uit. Lekker, na zo'n dag onder die felle tl-buizen van school. Ik denk dat je niet eens een vampier hoeft te zijn om daar een hekel aan te hebben."

De anderen grinnikten instemmend.

„Stil!" Maddy's blik dwaalde langs de ramen van het huis.

„Wat is er?" fluisterde Joey.

Maddy schudde haar hoofd. „Nee, niks. Ik dacht even dat ik ergens een schim achter de ruiten zag. Hé, zullen we de boel eens van dichtbij gaan bekijken?"

Ze slopen achter de heg vandaan. Het enige geluid dat ze hoorden, was het geruis van de bomen. Verder was het stil.

Het oude huis leek alleen maar donkerder te worden toen ze dichterbij kwamen. Ze baanden zich een weg door het hoge gras in de voortuin. Geruisloos slopen ze door tot onder het grote voorraam, dat pas op twee meter hoogte begon en tot net onder de dakgoot liep.

„Geef me eens een steuntje," fluisterde Maddy tegen Joey. „Dan kan ik even door het raam kijken."

„Kijk maar uit," siste Carrie. „Straks ziet ze je nog!"

„Stil maar," reageerde Maddy koel. „Ik let heus wel op."

Joey en Yvonne tilden Maddy omhoog, zodat ze net hoog genoeg kwam om naar binnen te kunnen kijken.

Maddy hield zich vast aan het venster en tuurde door het bestofte raam naar binnen.

„Wat zie je?" fluisterde Yvonne.

„Niets bijzonders. Een bank, twee ouderwetse stoelen. En... O, verdorie! Vlug, laat me zakken!"

Joey en Yvonne lieten Maddy zo snel zakken, dat het weinig had gescheeld of ze waren over elkaar heen gevallen.

„Ik zag haar!" fluisterde Maddy opgewonden. „Ze stond daar gewoon in d'r eentje in het donker, voor een hele hoge spiegel."

„Had ze ook een spiegelbeeld?" vroeg Joey. „Zoniet, dan zijn we klaar, snap je wel? En anders is ze een gewone sterveling."

Maddy dacht na. „Ik weet het niet," peinsde ze. „Het ging allemaal net iets te snel. En het was er verrekte donker, dus..."

„Heeft ze je gezien?" Carries stem klonk gespannen.

„Weet ik niet," antwoordde Maddy. „Ik hoop van niet."

„Zal ik nog eens even kijken?" stelde Joey voor.

„Nee, doe maar niet," reageerde Yvonne. „Dadelijk betrapt ze ons alsnog. We moeten voorzichtig zijn. Laten we morgen weer gaan kijken, oké?"

In de weken daarna verzamelden Maddy, Carrie, Yvonne en Joey zich regelmatig bij het oude huis. Ze bespiedden het vanachter de heg en gluurden door de ramen. Ze liepen naar de achterkant en probeerden door het keukenraam naar binnen te kijken.

Soms zagen ze een zwak licht branden in een kamer op de bovenverdieping, aan de zijkant van het huis. Een enkele keer zagen ze Helga, maar ze was altijd alleen. Nooit lieten haar ouders zich eens zien.

In school probeerden ze haar aan te spreken. Maar Helga staarde hen alleen maar aan, met haar koude, grijze ogen. Ze deed zelfs geen moeite om aardig te zijn.

Op een dag nodigde Maddy haar uit om samen met de anderen iets te gaan drinken in hun vaste snackbar. Maar ze had geen zin.

Joey probeerde zichzelf bij Helga uit te nodigen door te vragen of ze hem 's avonds kon helpen met wiskunde. Maar ze zei dat ze die avond niet thuis zou zijn.

„Morgen dan, na school?" drong Joey aan.

„Nee, ik vind het gewoon geen goed idee," antwoordde ze koel.

Elke dag had Helga dezelfde zwarte jurk aan. En ze veranderde nooit wat aan haar dunne, sluike haar. Het hing als donker spinrag langs dat door en door bleke gezicht.

Eén keer greep Carrie in een opwelling haar hand beet.

Het was net pauze en ze stonden in de drukte naast elkaar om bij de uitgang te komen. Carrie had zomaar opeens Helga's hand vastgepakt en ze kneep erin. Ze móést weten hoe hij aanvoelde. Ze wilde weten of er wel leven in zat. Meteen liet Carrie de hand weer los. Precies wat ze dacht. Helga voelde koud aan. Zo koud als een winterse dag. Nou waren er wel meer mensen met koude handen en koude voeten, maar voor Carrie was het de zoveelste aanwijzing.

Helga drukte haar handen samen en wreef ze langs elkaar. Met haar grijze ogen keek ze Carrie recht aan. „Het is zo koud hier," fluisterde ze. „Vind je ook niet, Carrie?"

Het was pas de eerste keer dat Helga haar naam noemde, besefte Carrie. En vampiers leggen in het uitspreken van een naam meteen iets vriendschappelijks. Iets klefs, zelfs. Dat deed Helga ook.

„Ja, eigenlijk wel, Helga," antwoordde Carrie zacht. „Het is hier erg koud."

Op een avond stonden Maddy, Carrie, Yvonne en Joey weer samen achter de heg bij Helga's huis. En opnieuw scheen de bleke maan hen bij, terwijl ze opkeken naar de hoge, donkere muren. Het was het enige licht, op een vaag, oranje schijnsel in de kamer aan de zijkant na.

„Ze is daar helemaal alleen," fluisterde Carrie. „Geen ouders of wie dan ook."

„Ja, en ze is misschien wel honderd jaar oud." Maddy keek haar vrienden samenzweerderig aan.

„Dan ziet ze er nog goed uit!" grinnikte Joey.

De anderen giechelden. Daar hielden ze abrupt mee op, toen opeens het oranje licht uitging.

„Ze is gaan slapen," raadde Yvonne. „Zou ze in een grafkist liggen?"

„Vast wel." Maddy staarde weer naar het donkere raam. Er fladderde iets boven het schuine dak. Een vleermuis?

„Ik ga gewoon kijken of ze een kist heeft," fluisterde Maddy, terwijl ze overeind kwam. Ze stapte achter de heg vandaan, haar ogen strak op het huis gericht.

„Maddy... zo ziet ze je!" siste Carrie achter haar.

„Ik moet nú weten of we het bij het rechte eind hebben," zei Maddy onverstoorbaar. „Ik wil gewoon de waarheid weten."

Geruisloos sloop ze de voortuin in. De anderen volgden haar aarzelend.

Naast het huis stond een oude boom met grillige takken, die tot in de buurt van Helga's slaapkamer kwamen. Maddy pakte de onderste tak vast en hees zich erbovenop.

De schors voelde koud en ruig aan onder haar handen. De slanke takken trilden heftig, alsof ze haar uit de boom wilden schudden.

Maddy drukte zich stevig tegen de stam aan en pakte een hogere tak vast. Terwijl ze verder naar boven klom, tuurde ze tussen de bladeren door naar het huis.

Helga's slaapkamerraam was nog een heel eind. Maddy keek even naar beneden en zag Carrie, Yvonne en Joey aan de voet van de boom staan. Ze staarden gespannen naar haar bewegingen.

Ze ging weer verder, zonder op de schurende schors of de trillende takken te letten.

Langzaam maar zeker klom Maddy naar boven, totdat ze op een tak stond, die hoog genoeg was om door het raam in de slaapkamer te kunnen kijken.

Maddy sloeg haar beide armen stevig om de boomstam en draaide vervolgens haar gezicht in de richting van het huis. Tussen de donkere bladeren door zag ze Helga's slaapkamerraam...

...en Helga, die haar recht aanstaarde!

Ze stond vlak achter het raam. Haar gezicht was spookachtig wit in het licht van de maan, en haar grijze ogen staarden Maddy koud aan.

Maddy wist niet hoe snel ze naar beneden moest klimmen. „Ze heeft me gezien!" riep ze, nadat ze zo'n drie meter was gedaald.

Carrie, Yvonne en Joey vluchtten meteen naar de voortuin.

„Wacht op mij!" riep Maddy.

„Die is gek!'' riep Joey over zijn schouder. Hij keek echter net op tijd weer voor zich om niet in botsing te komen met... Helga! Ze spreidde haar armen voor hem uit en noch Yvonne, noch Carrie kwam op de gedachte erlangs te schieten.

„Zo, dat is snel," zei Joey spottend. Hij leek geen moment bang te zijn. „Jij bent zeker naar beneden komen vliegen?''

„Jullie bespieden mij!" bracht Helga hijgend uit. „Daar kun je maar beter mee ophouden. Ik waarschuw jullie!"

156

Haar gezicht stond verwrongen van woede en haar kille blik schoot van de een naar de ander.

Op dat moment kwam Maddy aanrennen. Ze kroop niet weg achter haar vrienden, maar schoot langs hen heen en bleef vlak voor Helga staan.

„Zo, Helga," zei ze koel. „Je kunt ons wel proberen bang te maken, maar zeg eens eerlijk... ben jij een vampier? We willen het nu weten."

Even werden Helga's ogen groot, maar toen beheerste ze zich weer. Haar grijze ogen glansden vreemd. „Ja, ik ben een vampier," fluisterde ze.

„Laat je hoektanden dan eens zien," commandeerde Maddy.

Een venijnige glimlach gleed over Helga's gezicht. „Nee," antwoordde ze. „Laat me eerst júllie hoektanden maar eens zien."

Maddy en haar vrienden bewogen zich niet. Als stenen beelden stonden ze daar in het lange, golvende gras. Toen krulden ze alle vier hun bovenlip over hun tanden naar achteren... en vier paar lange, scherpe hoektanden glansden in het licht van de maan.

Vol verwachting keek het groepje jonge vampiers naar Helga.

„Nou jij," zei Maddy met hese stem.

Helga deinsde met een schrille kreet achteruit. „Ik maakte maar een grapje!" riep ze. „En ik... ik dacht dat jullie ook maar een grap maakten!"

„Helemaal niet," antwoordde Carrie nors. „We zijn bloedserieus."

Voordat Helga er erg in had, doken Yvonne en Joey langs haar heen. Nu was ze omsingeld door haar vier vreemde klasgenoten.

"Jammer dat je er niet een van ons bent," zei Carrie.

"Maar nu we hier toch allemaal zijn, mag je best blijven, hoor Helga," voegde Joey er vriendelijk aan toe.

"Ja," stemde Maddy in. "Want we hebben zo onderhand behoorlijke dorst gekregen, hè Yvonne?"

"Nou en of," antwoordde Yvonne.

En het volgende moment voelde Helga twee ijskoude handen op haar schouders.